Jede Ähnlichkeit mit tatsächlichen Begebenheiten aus meinem Lebenslauf und mit tatsächlich lebenden Menschen, Geschehnissen und Institutionen um mich herum ist rein zufällig!

Für meinen Papa

*Wahre Religion ist gebaut auf das
Wahre, das Gute in der Menschennatur,
nicht auf der Sünde Morast.*

Ludwig Feuerbach

Ich bin der Herr, dein Gott.

Am Anfang schuf Gott Himmel und Erde.

Im Dunkeln flammte ein Sturmfeuerzeug auf und zündete zwei Zigaretten an. Das war das Zeichen: Die Amis warteten auf ihn vor den Garagen. Während des Aufflackerns erkannte er zwei Buchstaben. Ein großes M stand dort neben einem großen P. Militärpolizei. Unweit entfernt parkte ein Jeep mit vier weiteren MPs. Niemand sprach ein Wort.

Auf einen Stock gestützt, hinkte er an dem Gefährt vorbei auf die Amis zu. Sein Knie war nach einer Verletzung in den ersten Kriegstagen steif geblieben, und die Beweglichkeit kehrte unerträglich langsam zurück. Der Krieg hatte einen Krüppel aus ihm gemacht.

Ein kurzes Nicken in nächtlicher Stille, dann zückte einer der Uniformierten ein Päckchen Lucky Strike und hielt es ihm unter die Nase. Er bedankte sich mit einem knappen, kaum hörbaren »Thank you«. Zigaretten hatte er seit Tagen nicht mehr bekommen.

Angespannt versuchten die drei Männer, die sich hinter einer Hausecke versteckt hielten, ihre Atemgeräusche unter Kontrolle zu halten. Keiner traute sich tief zu inhalieren, um nicht einen verräterischen Laut zu produzieren. Allein das Aufglimmen der Glut verriet, dass sich jemand auf der Straße vor den Garagen aufhielt, sonst war es vollkommen ruhig und finster. Nur der Bruder-Konrad-Brunnen plätscherte leise. Keine Zeugen. Wolken hüllten den Mond ein, der über der päpstlichen Basilika stand. Ideal für ihr Vorhaben.

Die Männer starrten auf den Eingang des alten Kapuzinerklosters neben dem Brunnen. Jeden Moment konnte es so weit sein, und dann musste es schnell gehen.

Endlich öffnete sich die Klosterpforte, und ein kleiner Lichtfetzen fiel auf den Platz. Das nachtfeuchte Kopfsteinpflaster reflektierte den Schein aus dem Gebäudeinneren.

Der Krüppel flüsterte den Soldaten zu: »The one I will take in my arms, that is him!«

Drei Personen erschienen im Eingang. Zwei stämmig gebaute Männer und ein junges Mädchen, höchstens 12 oder 13 Jahre alt, eigentlich noch ein Kind. Sie trug in jeder Hand einen Lederkoffer, auf dem Kopf ein dunkles Tuch. Ihre Begleiter waren in Anzüge aus Schurwolle gekleidet. Sicherlich ein Vermögen wert.

Der Größere von beiden trat auf die Straße, setzte einen Hut auf und zog ihn tief in die Stirn. An seinem Revers leuchtete ein winziges goldenes Kreuz mit zwei Querbalken, und in der Mitte, wo sich die Balken trafen, blitzte ein Diamant auf. Sein Gefährte hatte einen schmalen schwarzen Bart unter der Nase, der seit der deutschen Kapitulation definitiv nicht mehr in Mode war.

Der Mann mit dem Krückstock warf seine Kippe zu Boden und drückte sie mit einem festen Tritt aus. »Auf geht's!«, sagte er leise. Dann tat er einige stolpernde

Schritte aus der Dunkelheit heraus auf die kleine Gruppe zu. Seine Lippen setzten an, etwas zu pfeifen. Die Melodie von »Es war ein König in Thule, gar treu bis an das Grab ...«. Das Zeichen.

Die drei vor der Pforte lauschten, und als Antwort pfiff das Mädchen die fehlende Zeile zurück: »Dem sterbend seine Buhle einen goldnen Becher gab«.

Sie kamen auf ihn zu, und der Mann mit dem Kreuz am Revers wisperte: »Haben Sie die Ausweise und die Karten für die Schiffspassage erhalten? Wurden Sie beim Kardinal in München vorgelassen?«

Der Mann am Stock nickte.

»Das Gold hat also gereicht?!«

Abermaliges Nicken.

Der Anzugträger mit dem Bart beugte sich nach vorne und flüsterte seinem Gefährten etwas ins Ohr. Der ließ den Krüppel nicht aus den Augen. Dann deutete er auf die Ecke, hinter der sich die Soldaten versteckt hielten.

»Sollen wir jetzt das Automobil aus der Garage holen?«

Der Atem des Mannes mit dem Stock beschleunigte sich. Er fuhr sich mit der Hand über die Stirn und sagte heiser: »Nein.« Schnell setzte er hinzu: »Des wär zu auffällig! Wir würden uns verraten. Glauben S' mir, wir müssen zu Fuß los.«

Die drei gaben sich damit zufrieden.

Den Stock in der Linken, fasste der Hinkende mit der Rechten die Schulter seines Gegenübers und zog ihn zu sich heran. Der Mann mit dem Kreuz am Revers ließ sich erstaunt gefallen, dass der Krüppel ihn umarmen wollte, und erwiderte die Geste.

»Gott beschütze Sie, Exzellenz!«, flüsterte der Hinkende ihm zu.

Im selben Moment heulte der Motor des Militärjeeps auf, und der Wagen raste auf den Platz. Gleichzeitig stürmten die zwei MPs zur Klosterpforte, ihre Maschinenpistolen im Anschlag.

Energisch stieß der Mann mit dem Kreuz den Krüppel von sich, drehte sich um und rannte am Brunnen vorbei in die Nacht hinein.

Der Jeep bremste vor dem Kloster, seine Insassen sprangen heraus und richteten ihre Waffen auf den bärtigen Mann und das Mädchen.

Das Mädchen trat zwei Schritte zurück, wendete sich ab, faltete seine Hände und begann zu beten.

Die zwei anderen MPs hetzten dem Mann mit dem Kreuz nach. Immer wieder brüllten sie, dass er doch endlich stehen bleiben solle, aber der Flüchtende ließ sich nicht beirren. »Stop! Stop!« Ihre Schreie hallten über den Platz.

Plötzlich ertönte ein Knall: ein Warnschuss. Doch der Mann mit dem Kreuz hetzte weiter.

Die beiden MPs betätigten den Abzug ihrer Maschinenpistolen. Der Platz wurde vom Mündungsfeuer erhellt, und mit einer unerträglichen Lautstärke zerrissen die Schüsse das Dunkel.

Dumpfe Einschläge waren zu vernehmen.

Der Mann mit dem Kreuz sackte vor den Stufen der Basilika zusammen und blieb regungslos liegen.

Plötzlich war es still. Keiner wagte mehr, sich zu bewegen. Nur das Mädchen löste sich fast wie in Trance von den MPs und ging langsam auf den leblosen Körper zu, Schritt für Schritt. Mit etwas Abstand folgten ihr schließlich zwei MPs und der Krüppel, auf seinen Stock gestützt.

Als die Kleine vor dem Leichnam stand und das Blut herausströmen sah, warf sie sich auf ihn, schrie und weinte.

Der Krüppel stand hinter dem Mädchen. Er fühlte sich schuldig, war wie gelähmt, kaum fähig zu sprechen, nur zu stottern: »Ich ... ich wollt ned, dass es so ausgeht!«

Das Mädchen drehte sich zu ihm um. Sein Blick verfinsterte sich, und Verachtung trat an die Stelle des Schreckens. Es fuhr auf, riss dem Krüppel den Stock aus seinen Händen und schlug auf ihn ein. Als die Amis seine Arme endlich zu fassen bekamen, versuchte es sich energisch zu befreien, aber die MPs waren stärker. Das Mädchen unternahm einen letzten verzweifelten Versuch, die Freiheit wiederzuerlangen, doch er endete mit einem schrillen Schmerzensschrei: Es hatte sich die Schulter ausgekugelt. Seine Knie drohten zu versagen, es war einer Ohnmacht nahe.

Der Krüppel wollte dem Mädchen gerne helfen. Er streckte seine Hand aus, wollte seine Haare berühren, sie streicheln. Da hob sich auf einmal sein Kopf, und die Augen fixierten ihn. »Judáš!«, flüsterte es und spuckte ihm ins Gesicht.

*

Schweißgebadet schreckte Gabriel von seinem Kissen hoch. Genau an dieser Stelle erwachte er Nacht für Nacht aus dem Traum, der ihn nun schon seit mehr als 50 Jahren marterte. Sein Gehirn hatte die Ereignisse von damals bis ins Detail gespeichert. Seither befand sich in seinem Unterbewusstsein dieser schmerzhafte, unauslöschliche Abdruck.

Mit dem hilflosen Gefühl, dass er nachts nicht Herr seiner Sinne war, knipste er die Nachttischlampe an. Neben ihm schlief seine Frau.

Er setzte sich im Bett auf und schob das Kopfkissen als Stütze in den Rücken. So verharrte er einige Minuten, um sich zu beruhigen. Schließlich begannen die Bilder aus seinem Kopf zu verschwinden.

Aus jeder erdenklichen Position hatte er die Szene im Traum schon beobachten können. Manchmal wie der Mond von oben, manchmal wie der Erschossene, dem es fast unmöglich war, die Augen zu öffnen, weil die Scheinwerfer des Jeeps schmerzhaft blendeten. Nur die Rolle des Mädchens hatte er in all der Zeit nie eingenommen.

Er schloss seine Augenlider und sah den sonnigen Altöttinger Kapellplatz seiner Kindheit vor sich. Er sah die Gnadenkapelle und dahinter die den Platz dominierende Stiftskirche. Er erinnerte sich an die Bilder, aber es war mehr als das. Auch die Gerüche seiner Kindheit schienen wieder präsent. Dieses Gemisch aus Weihrauch und Schweinsbraten, wie es nur an diesem Gnadenort, seiner Heimat, über den Platz wehen konnte. In seiner Jugend war er hier noch glücklich gewesen.

Plötzlich mogelte sich das Mädchen in seine Gedanken zurück. Ihm war, als würde es im Schlafzimmer schlagartig kälter werden.

Seine Hand tastete nach dem Radiowecker auf dem Nachttisch und stellte ihn an. Durch Ablenkung konnte er sich immer von diesem quälenden Bild befreien. Er wollte irgendetwas hören, um die lähmende Stille zu brechen, die das Zimmer erfüllte.

Mitternacht. Die Bayernhymne, als letzter Programmpunkt des Tages, wurde vom Bayerischen Rundfunk übertragen:

»... deutsche Erde, Vaterland«.

Der unerwartete Lärm hatte seine Frau geweckt. Schweigend stand sie auf, warf ihm einen bösen Blick zu, griff nach ihrer Zudecke und dem Kissen und ließ ihn allein zurück. Sie würde auf der Wohnzimmercouch schlafen.

Mehrmals pro Woche dasselbe Spiel. Sobald er mitten in der Nacht das Radio anstellte, wanderte sie aus. Für beide war es seit jeher Folter, sich ein Bett teilen zu müssen.

Er verfluchte jede einzelne schlaflose Nacht. Auch seine Ehe war an diesem Zustand gescheitert. Jetzt war sie nur mehr eine Fassade, um der Nachbarschaft keinen weiteren Grund zum Tratschen zu liefern. Für diese Frau hatte er nie viel empfunden und über die Jahre seine Gefühle durch vollkommene Gleichgültigkeit ersetzt.

Warum suchten ihn die Bilder nach all der Zeit noch immer heim?

Aber er war damit nicht allein.

I. Du sollst keine anderen Götter neben mir haben.

Der Kies knirschte unter den Schuhen. Der Boden schien zu beben. Jeder Schritt oder besser Stampfer, den die krampfaderngeschwollenen Beine auf die Erde setzten, hinterließ ein Dröhnen, das die Regenwürmer im nahegelegenen Friedhof von ihrer Arbeit aufschreckte.

Der Monsignore war nicht zum Mittagessen erschienen. Unpünktlichkeit war Grund genug, wütend zu sein, aber dass er vermutlich im Hotel zur Post bei einem Weißwurstfrühstück saß und damit seine Gesundheit malträtierte, machte Fräulein Schosi richtig narrisch. War es denn zu viel verlangt, dass er pünktlich nach Hause zurückkehrte? Schließlich hatte sie ja auch Verpflichtungen, denen sie nachkommen musste.

»Wo ist er?«, schnaubte es aus ihr heraus.

»Keine Ahnung!« Das Fräulein hinter der Hotelrezeption aus Marmor versuchte überzeugend zu wirken.

»Danke, ich find ihn scho' alleine!«

Fräulein Schosi verschwand hinter der Ecke zum Restaurant, während das andere Fräulein zum Haustelefon griff: »Georg is unterwegs.« Die Maßnahmen der Alarmstufe Rot liefen an.

»Georg«, das in Altötting gebräuchliche Pseudonym für Petronilla Schosi, kannte jeder. Woher es kam, war nicht mehr genau nachzuvollziehen. Wahrscheinlich hatte ihr mannhaftes Auftreten dafür Pate gestanden. Vielleicht jedoch auch, dass sie einem Bildnis des heiligen Georg besonders ähnlich sah, oder eher dem von ihm getöteten Drachen. Aber verbürgt war beides nicht.

Monsignore Joseph Hirlinger war gerade im Begriff, zu seinem Weißbier zu greifen, als die Postwirtin, Frau Kramer, eine adrette, alterslos wirkende Dame im Dirndl, auf ihn zusteuerte und ihn am Arm packte. »Georg is unterwegs!«

Diese Ansage genügte, und der Monsignore ließ sich bereitwillig nach draußen ziehen. Die große Glastür zum Kapellplatz fiel hinter den beiden ins Schloss. Zwei Kellner waren währenddessen damit beschäftigt, die Spuren der Weißwursttat von dem Tisch des Monsignore zu beseitigen.

»Aha!« Fräulein Schosi betrat das Restaurant und schaltete ihren Spürsinn ein. Dieser Tisch war gerade für ein Weißwurstfrühstück benutzt worden. So schnell hatten die Kellner dann doch nicht alles abräumen können. Die Indizien waren eindeutig. Ein halbvolles Glas Weißbier stand dort mutterseelenallein neben einem mit Wasser gefüllten Porzellantopf, in dem eine kleine helle Wurst trieb.

Wo steckte ihr Monsignore? Dieser verlotterte alte laufende Meter.

Hinter der Tür stand er nicht. Wo konnte er nur sein? Der einzige Ausweg aus diesem Raum führte zum Kapellplatz. Richtig! Na, der sollte jetzt aber etwas zu hören bekommen!

Sie mühte sich für ihn mit einer Diätküche ab, und er torpedierte jeden ihrer Versuche, eine fett- und zuckerarme Ernährung in seinem Leben zu etablieren. Warum verstand er nicht, dass dies alles nur zu seinem Besten geschah?! Wenn er den gewohnten Lebenswandel nicht gründlich änderte, so hatte sein Hausarzt gesagt, würde er das Risiko eines Alterszuckers eingehen. Für Fräulein Schosi gleichbedeutend mit dem absehbar frühen Tod ihres Monsignore. Ohne ihn war ihr Leben sinnlos!

Mit einem Ruck öffnete sie die Tür und baute sich draußen auf. Die Fäuste in die Seiten gestemmt, beobachtete sie, wie Frau Kramer die rechte Hand des Monsignore drückte. Ob aus Dank oder als Verabschiedungsgeste, konnte sie nicht deuten. Es interessierte sie aber auch nicht wirklich.

»Sie haben heute so schön gepredigt, Monsignore Hirlinger!«, flötete die Postwirtin.

»Vielen Dank! Es gibt nichts Schöneres, als vor Gläubigen zu predigen, die mich auch verstehen.«

Frau Kramer nickte bejahend. »Danke, dass Sie noch so spontan Zeit für eine Beichte hatten, Monsignore.«

»Aber selbstverständlich, auch die Kirche ist ein Serviceunternehmen und muss ab und an ihre Schalteröffnungszeiten ausdehnen.«

Die beiden würdigten Fräulein Schosi keines Blickes.

Um auf sich aufmerksam zu machen, schnellte ihre Hand nach oben und deutete ein vor Ärger zitterndes Winken an. Mit Gewalt presste sie ihre Lippen aufeinander, und wäre sie nicht eine treue Anhängerin der Betablockerfraktion gewesen, ihr Blutdruck wäre in diesem Augenblick ins Unermessliche gestiegen.

»Einen schönen Sonntag noch, Monsignore!« Die Wirtin klopfte ihm aufbauend auf die Schulter. Dabei fiel ein verstohlener Blick auf Fräulein Schosi, die wegen der vollkommenen Nichtbeachtung ihrer Person von Sekunde zu Sekunde wütender wurde. »Und unser Georg ist schon wieder ganz ruhig, um den brauchen Sie sich keine Sorgen zu machen«, sagte die Postwirtin laut in dem Wissen, dass Fräulein Schosi sowieso nicht begriff, wer mit »Georg« gemeint war.

Der Monsignore nickte. »Freilich, freilich, ich hoffe, dass es unserem Georg bald bessergeht. Bestellen Sie bitte einen schönen Gruß!«

Frau Kramer machte Anstalten, sich zu verabschieden: »Die Wallfahrer warten nicht.«

Als sie sich umdrehte, lächelte sie Fräulein Schosi zu und ging an ihr vorbei ins Hotel zur Post zurück. Kurz bevor sie eintrat, sagte sie noch mal mit einem kleinen Teenagerseufzer: »Nein, so schön hat er gepredigt!«

Dann klickte das Türschloss.

»So, also a Beichte …!« Fräulein Schosi wirkte misstrauisch.

»Ja, manchmal ruft einen die Pflicht aus seinem Zeitplan heraus.«

»Der liebe Herrgott will mir das verzeihen, aber wenn S' mich verarschen, Monsignore Joseph, dann schmeiß ich irgendwann hin, und dann können S' schau'n, wer Ihnen den Haushalt macht.«

»Aber Fräulein Schosi.«

»Ich mein ja bloß. Also, kommen S' jetzt heim? Der Mittagstisch wird vom Warmhalten a ned besser.«

»Sofort, ich hatte noch eine Eingebung für meine nächste Sonntagspredigt. Gehen Sie doch bitte voraus!

Ich werde ein paar kleinere Schritte nach Hause machen. In der Eile finde ich sonst nicht die rechten Worte.«

Fräulein Schosis linke Augenbraue hob sich einmal kurz, als ob sie sagen wollte: Wenn es sein muss! Dann machte sie sich ohne ein weiteres Wort auf den Heimweg. Hirlinger war erleichtert.

»Monsignore, beinahe hätten S' Ihren Mantel vergessen.« Frau Kramer trat vorsichtig aus dem Hotel und sah sich nach allen Seiten um.

In diesem Moment, als hätte sie es geahnt, drehte Fräulein Schosi sich noch einmal um. Keine Sekunde zu spät. Der verräterische Mantel des Monsignore in der Hand der Postwirtin. Also doch!

Energisch stampfte sie zurück und riss der Kramer das Kleidungsstück aus der Hand.

»Achtes Gebot! Dass Sie sich ned schämen!« Mit einem beleidigten Ruck warf sie ihren Kopf in den Nacken.

Der Monsignore schluckte verlegen, und die Postwirtin sah ihn mitleidig an.

»Ich glaub, ich geh jetzt besser heim!«, stammelte er kleinlaut.

In Frau Kramers Gesicht sah er deutlich ein schlechtes Gewissen aufkeimen. Diesmal war ihre Rettungsaktion gründlich in die Hosen gegangen. Die Postwirtin war wieder einmal Zeugin von Szenen einer Ehe geworden, die ja gar keine war.

Erst neulich hatte sie ihn gefragt, ob er denn nie daran gedacht hatte, Fräulein Schosi zu entlassen.

»Nie!«, hatte er darauf geantwortet, aber an Mord habe er gedacht.

Für dieses Bekenntnis hatte er sich ein paar Stunden in die Heilige Kapelle zurückgezogen, um innige Zwiesprache mit der Mutter Gottes zu führen. Die Schwarze Madonna im Allerheiligsten der Gnadenkapelle hatte ihm eindeutig von diesem Gedanken abgeraten und zehn Rosenkränze später seine Entgleisung vergeben. Seither besaß Fräulein Schosi einen neuen Wintermantel.

Diesmal würde die Entschuldigung wohl größer ausfallen müssen. Irgendetwas zwischen Handtasche und einer gemeinsamen Reise nach Loreto oder Lourdes. Beim Gedanken daran wurde dem Monsignore klar, dass es die Handtasche werden sollte.

Die einsamen Pilgerfahrten in alle Welt brauchte er zur Erholung seines übers Jahr angegriffenen Nervenkostüms. Und das Wort »Pilgern« ließ sich in diesem Zusammenhang sehr weitläufig auslegen.

*

»Aber selbstverständlich können S' mir die Gewitterkerzen zurückbringen, wenn's nicht funktionieren. Nur weihen müssen S' es halt noch lassen, dann wirken sie auch hundertprozentig. Schönen Sonntag noch, der Herr!«

Im Unterprammer'schen Devotionalienhandel herrschte Hochbetrieb. Die Chefin war an der Kasse, zeichnete gleichzeitig Ware aus, bediente Kunden und unterhielt sich in den Pausen mit einer jungen Novizin, die ihr nicht von der Seite wich.

Heute waren mehrere Busse aus der nördlichen Oberpfalz angekommen, und nach der ersten Messe und rituellen Augenwaschung im Bruder-Konrad-Brunnen waren die Pilger aus Weiden und Umgebung dabei, die Ramsch- und Andenkenläden im Umkreis der Gnadenkapelle unsicher zu machen: Altötting als Höhepunkt einer einwöchigen Glaubensreise.

Der Raum war bis in die hinterste Ecke angefüllt mit Kreuzen und anderem Schnitzwerk, Karten und Bildern von Heiligen. Dieses Sammelsurium hatte erschreckende Ähnlichkeit mit einem religiösen Disneyland: Christi Geburt, Tod und Auferstehung zusammengepfercht auf 16 Quadratmetern.

Ein Engel mit Trompete, der allerdings mehr an seinem Instrument zu lutschen schien, als dass er wirklich hineinblies, stand zentral am Eingang und begrüßte jeden Hereinkommenden ganz selbstbewusst in seiner Hässlichkeit. Er würde sicher bald einen Abnehmer unter den Wallfahrern finden. Ein Devotionalienladen wie der von Traudl Unterprammer war in Altötting eine Goldgrube. Man konnte darin alles an den Mann oder die Frau bringen.

Plötzlich wurde die religiöse Supermarktatmosphäre gestört. Die Worte der Chefin wurden schlagartig lauter und zogen die Aufmerksamkeit einiger Kunden auf sich. Genervt unterbrach Traudl Unterprammer ihre Arbeit und sagte in scharfem Ton: »Ich hab jetzt wirklich keine Zeit nicht, Kind!«

»Mit dem Glauben anderer Menschen Geld zu verdienen ist ned richtig, Tante Traudl«, gab die junge Novizin zurück.

»Vevi, siehst du ned, dass es mir grade gar nicht passt!«

»Maria Evita!«

»Bitte?«

»Ich möchte mit meinem Taufnamen angesprochen werden, das weißt du doch: Maria Evita!«

»Ach so, ja ...« Frau Unterprammer lächelte gequält und knöpfte dem nächsten Kunden fünf Euro für sein Mini-Kruzifix ab.

»Seitdem ich eingetreten bin, lege ich Wert auf meinen vollen Namen: Maria Evita. Maria und Eva waren zwei wichtige weibliche Persönlichkeiten!«

»Is recht, Kind!« Frau Unterprammer wollte das Gespräch so schnell wie möglich beenden. Mit dem Inhalt war sie seit der »spirituellen Umorientierung« ihrer Nichte vor zwei Jahren eh bestens vertraut. Sie hatte gerade wirklich anderes zu tun, als Glaubensfragen mit ihr zu diskutieren.

»Tante Traudl, schon als Jesus gesehen hatte, dass in Jerusalems Tempel Handel getrieben wurde, da ...«

»Da hat er sie dann rausgeschmissen! Du, ich kenn das Neue Testament! Wir sehen uns dann später. Bussi und servus.«

Frau Unterprammer umarmte die Novizin kräftig.

Während diese noch versuchte, sich aus der Umarmung zu lösen, bemerkte sie, dass sie von ihrer Tante einfach vor die Tür gesetzt wurde. Dass bei dieser Aktion keines der abertausend Figürchen im Eingangsbereich umfiel, grenzte an ein Wunder.

Unglaublich! Maria Evita konnte es nicht fassen, wieder einmal so abgespeist zu werden. Ihre eigene Tante! Ein Pharisäer! Nicht bereit, auch nur einen Millimeter von ihrem Tun abzuweichen. Sie war sich zwar nicht sicher, ob in diesem Fall die Bezeichnung »Pharisäer« angebracht war, aber es war eines jener Worte, bei denen sie sich, allein durch das Aussprechen oder den Gedanken daran, abreagieren konnte.

Seit ihrem Eintritt ins Altöttinger Nonnenkloster hatte sie einen beträchtlichen Teil ihres Wortschatzes streichen müssen, aber das »Pharisäer« war ihr geblieben. In ihrer persönlichen Rangliste war es sogar weit nach oben gestiegen. Während der Schulzeit hatten ihr andere Kraftausdrücke deutlich nähergelegen.

Aber wie sollte sie dem lieben Gott helfen, seine Schäfchen um sich zu sammeln, wenn es schon bei der eigenen Familie einfach nicht funktionieren wollte? Unzählige Male hatte sie sich bereits den Mund fusselig geredet, um ihre Tante Traudl endlich zur Umkehr zu bewegen. Doch mit ihr zu sprechen war wie gegen eine Mauer anzureden.

Maria Evita sah auf die Uhr: kurz vor dem »Zwölfeläuten«. Sie schaute hinüber zur Gnadenkapelle. In ihrer unmittelbaren Nachbarschaft stand der barocke Bau des Hotels zur Post, in das gerade eine Menge Oberpfälzer Pilger strömte, um das bestellte Mittagessen einzunehmen. Schon wieder so eine Sache. Sie ärgerte sich. In dieser Stadt gab es wirklich keinen, der nicht am katholischen Glauben verdiente. Aus reiner Nächstenliebe rührte hier niemand seine Finger. Die Klingelbeutel waren weit aufgespannt.

»Herr, vergib ihnen, denn sie wissen es nicht besser!« Maria Evita bekreuzigte sich.

Für den Nachmittag hatte sie sich mit dem Monsignore zum Gottesdienst in der Stiftskirche verabredet. Eigentlich war es Zeit, ins Kloster zurückzukehren, um gemeinsam mit den anderen Nonnen zu Mittag zu essen, aber sie verspürte wenig Lust dazu. Vielleicht sollte sie dem Monsignore jetzt schon einen Besuch abstatten. Der ehemalige Stadtpfarrer war einer der wenigen, mit denen Maria Evita vertrauensvoll sprechen konnte. Sie kannte ihn seit frühester Kindheit und konnte ihm alles anvertrauen. Er hatte sie damals auch gefirmt, denn als Altöttinger Stadtpfarrer durfte er die Mitra tragen, die Insignien eines Bischofs, einzigartig auf der Welt.

Tante Traudl war unterdessen mit einem Kunden vor ihren Laden in die Mittagssonne getreten. »Ja, der Madonna kann man die Krone abschrauben und dann das Wasser aus dem Bruder-Konrad-Brunnen einfüllen. Das ist vor allem gegen Augenleiden gut.«

Frau Unterprammers Blick blieb abschätzig an ihrer Nichte hängen, die immer noch wie angewurzelt vor der Schaufensterscheibe des Devotionalienladens stand.

»Bist du noch immer da?«

Maria Evita zuckte zusammen. Der Satz hatte sie getroffen wie der Schlag mit einem Zaunpfahl.

»Keine Angst, bin scho' weg!«

»Und demnächst bekommen wir auch einen hohlen Jesus am Kreuz! In den können S' dann auch Wasser abfüllen oder was Sie eben sonst möchten. Der passt in jede Jackentasche. Auch toll, um ihn auf die Fußwallfahrt mitzunehmen. Falls Sie Durst kriegen sollten.«

»Kann man bei Ihnen auch im Internet bestellen?«, wollte der Kunde wissen.

»Noch nicht, aber wir arbeiten dran!«

»Pharisäer!«, entfuhr es Maria Evita. »Pharisäer!«

Sie schloss ihre Augen und atmete tief durch. Der Monsignore würde sie verstehen. Herrgott, vergib mir meine Wut!, dachte sie immer wieder. Ihre Schritte wurden schneller. Sie musste weg von diesem Tempel des

Lasters. Jesus hatte die Händler aus dem Tempel vertrieben, und ausgerechnet sie sollte bei ihrer Tante Traudl versagen.

»Vevi!«

Eine männliche Stimme riss sie aus ihren Gedanken. Diesen Tonfall kannte sie. Unschlüssig blieb Maria Evita stehen und wendete ihren Kopf.

An einem Tisch vor dem Hotel zur Post saß ein ungefähr dreißig Jahre alter Mann, der gerade in der Mittagssonne einen Kaffee genoss. Seine dunklen Haare fielen ihm fransig in die Stirn, sein Gesicht hatte er in die Hand gestützt. Maria Evita tat zögerlich zwei Schritte auf ihn zu. Diese Lippen und dieses Lächeln waren unverkennbar. Sie konnte es kaum fassen. Max!

Alles sah an ihm eigentlich so aus wie früher, nur dass seine spitzbübischen Augen seitlich ein paar Falten bekommen hatten. Diese kleinen Lebensspuren machten ihn allerdings nicht unattraktiv. Ihre Finger griffen nach dem Rosenkranz in der Tasche ihres Habits, ohne ging sie nie aus dem Haus. Fest quetschte Maria Evita das Kreuz an der Kette in ihre Handfläche und brachte vor Erstaunen erst mal kein Wort heraus.

»Vevi! Respekt! Ich hätte es ja nicht für möglich gehalten, aber die Schwesterntracht steht dir ausgezeichnet. Einen schönen Menschen kann halt doch nichts entstellen!« Max schenkte ihr ein Lächeln. Dann sprang er auf, breitete seine Arme aus und kam ihr entgegen.

Maria Evita stand wie angewurzelt. Auch wenn sie in diesem Moment gerne in seine Arme gefallen wäre, ließ ihr Körper keinerlei Bewegung zu. Stocksteif und mit weit aufgerissenen Augen stand sie Max gegenüber.

Etwas verlegen blieb nun auch er stehen. Plötzlich begann er hörbar zu schlucken, als wolle er einen unangenehmen Film auf seinen Stimmlippen beseitigen. Er räusperte sich. »Schön, dich wiederzusehen, Vevi! Magst ned schnell mit mir an Kaffee trinken? Oder … bist du gerade in göttlicher Mission unterwegs?« Er setzte sich zurück auf seinen Stuhl.

»Maxl! Warum bist'n du in Altötting?« Maria Evita war platt. Mit Max Kramer hätte sie hier als Letztes gerechnet. Mit jedem anderen, aber nicht mit ihm.

»Ich bin seit drei Wochen bei der Kripo in Mühldorf, und meine Eltern freuen sich selbstverständlich, wenn ich jetzt ab und zu wieder daheim im Hotel vorbeischaue!«

»Dass du wieder im Lande bist, ist an mir vollkommen vorbeigegangen. Und was ist mit München?« Maria Evita nahm auf einem freien Stuhl neben Max Kramer Platz.

»Mei, auch diese Tage waren irgendwann gezählt.«

»Wie kommt's?«

»Mmh, privat lief's ned so, und nachdem ich Brand und Sitte durchhatte, konnte ich ins K1 der KPS Mühldorf wechseln.«

Max beantwortete Maria Evitas fragenden Blick: »Das Kommissariat für Straftaten gegen Leib und Leben bei der Kriminalpolizeistation. Ich wollt halt wieder heim und mein Leben sozusagen in Ordnung bringen! Hätt auch dumm laufen können und ich wäre als Dienstgruppenleiter in die Schicht der Schutzpolizei gekommen. Aber Papa hat es sich nicht nehmen lassen, einen seiner alten Spezln im Ministerium anzurufen. Mein alter Herr nervt mich allerdings grad, weil er meine Entscheidung, nach Mühldorf zu gehen, nicht kapiert.«

Eine junge Frau im Dirndl balancierte ein Tablett mit Gläsern vorbei. Max Kramer bestellte einen zweiten Kaffee. »Du bist selbstverständlich mein Gast!«

Maria Evita bedankte sich mit einem Lächeln. Wie oft hatte sie sich in den zurückliegenden Jahren gefragt, ob es ihm gut ergangen war …

»Und deine Tante Traudl hat immer no' ihren Laden?!«, fragte Max beiläufig. Es war die einzige Frage, die ihm in diesem Moment unverfänglich erschien.

»Ja, aber i mag mich jetzt ned über sie unterhalten.«

»Scho' komisch. Vor elf Jahren auf der Schule dacht ich immer, ich würd heuer scho' längst das Hotel übernommen haben und du den Wallfahrerladen nebenan. Wir gemeinsam … So war zumindest immer der Plan.«

»Gott lacht über jeden Plan!«, entgegnete Maria Evita.

Max Kramer grinste amüsiert. »Ja, das tut er wohl!«

Eigentlich konnte er in dieser Sekunde nicht wirklich über ihre Worte lächeln, aber er wollte sich das nicht anmerken lassen. Seine Hand griff zur Tasse. In seiner Phantasie hatte er sich das Wiedersehen mit Vevi immer anders vorgestellt. Sie waren sich um den Hals gefallen, und alles war wie früher, einer Aussprache hatte es nicht bedurft. Doch nun, im wirklichen Leben, wusste er nicht, wie er anfangen sollte. Hektisch nahm er einen Schluck Kaffee. Der schwarze Habit, in dem seine Exfreundin steckte, erzeugte zwischen ihnen eine große Distanz. Zumindest empfand er es so, und es machte ihn nervös.

Max' Blick haftete an der jungen Novizin. Ihre langen Wimpern, darunter diese tiefblaue Iris, das hatte ihn früher bereits magisch angezogen. In diesen Augen konnte Max sich verlieren und alles um sich herum vergessen. Sie war in den letzten Jahren sogar noch schöner geworden. Das Mädchen von früher hatte sich zu einer richtigen Frau entwickelt. Trotz ihres Habits konnte Max erkennen, dass sie ihre sportliche Figur immer noch behalten hatte. Warum war er damals nur fortgegangen?

Seit fast einer halben Minute hatte sie allerdings vermieden, ihn direkt anzusehen. Ihr Blick war auf das Nonnenkloster gerichtet, das keine 50 Meter entfernt lag. Ab und zu griff sie in ihre seitliche Tasche, um irgendetwas zu suchen oder zu betasten. Das vorher flüssig laufende Gespräch war ins Stocken geraten. Sie war ihm wohl noch immer böse. Dass Maria Evita ihm gerade keinen Blick schenken wollte, tat weh.

Plötzlich wurde ihr Schweigen unterbrochen. Die junge Kellnerin brachte den Kaffee und einen kleinen weißen Kuchen.

»Schwester, das ist ein Petit Four von unserer Chefin, des müssen S' probieren. Ich hatte heute scho' zwei, aber verraten S' mich bitte nicht, Herr Kramer«, sagte die Kellnerin zwinkernd.

Jetzt fühlte Maria Evita, dass sich ihr Magen deutlich bemerkbar machte. Seit dem Frühstück hatte sie ja nichts mehr zu sich genommen. Und dieser kleine Kuchen war wirklich köstlich. Zwei Bissen und das Ding war verschwunden.

Max beobachtete jede ihrer Bewegungen. »Des is jetzt aber keine Todsünde?«

Maria Evita verstand seine Frage nicht.

»Völlerei. So wie du des Petit Four gerade verschlungen hast.«

»Das ist Wertschätzung gegenüber der Schöpfung«, lachte sie.

Max ließ sich anstecken, stoppte aber dann plötzlich und sah sie durchdringend an: »Ich habe dich ehrlich vermisst!« Ein Anfang war gemacht.

Maria Evita warf ihm einen forschenden Blick zu. »Ich dich irgendwie auch.«

Er seufzte. »Damals ... das war blöd von mir!«

»Maxl, ich bin dir ned bös! Schau, ich wusste ja selber nicht, was ich wollte.«

»Ja, aber ich hab die Tür einfach zugemacht und den Kontakt abgebrochen. Wie ich dann später von meiner Mama erfahren habe, dass du gerade so mit dem Leben davongekommen bist ... Oh Mann, hab ich mir Vorwürfe gemacht! Aber ich war zu feige, mich zu melden.«

Maria Evita griff nach seiner Hand: »Lass gut sein, Maxl. Es hatte seinen Sinn.«

Max schwieg. Die Vergangenheit war vor seinem inneren Auge wieder präsent wie ein Film. Was wäre gewesen, wenn er geblieben und nicht zur Polizei gegangen wäre? Wären sie dann jetzt beide tot oder körperlich und psychisch am Ende? Kein gutes Gefühl. Man durfte sich nie hypothetische Fragen zur eigenen Vergangenheit stellen, das wusste er. Hätte, hätte, Fahrradkette. Es zählte immer nur das, was wirklich geschehen war. Diese Was-wäre-wenn-Fragerei tat weh und brachte einen doch keinen Schritt weiter.

»Warum bist du so stumm? Hab ich was Falsches g'sagt?«

Maria Evitas Frage brachte ihn ins Hier und Jetzt zurück. Er schüttelte den Kopf: »Nein, überhaupt nicht. Es hatte seinen Sinn. Davon bin ich überzeugt!«

Aus dem Gebäude heraus rief eine männliche Stimme Maxls Namen.

»Er sitzt drauß'd!«, hörte man das Fräulein an der Rezeption sagen.

Die beiden am Tisch drehten ihre Köpfe. Ein kleiner untersetzter Mann mit Glatze erschien im Hoteleingang. Herr Kramer trat aus seinem Hotel, bekleidet mit Lederhose und einem grauen Gehrock, der bis zu den Knien reichte. Auf seiner Brust war kein Platz mehr frei. Fast jeder Fleck war behängt mit Orden, Abzeichen und Medaillen.

Würdevoll sagte er: »Gesegneten Sonntag, Fräulein Unterprammer! Maximilian, kommst du bitte rein? Deine Mutter hat jetzt endlich Zeit. Wir wollen gemeinsam mit dir speisen.«

»Wow, Papa. Gebirgsschützenuniform. Haben uns die Österreicher den Krieg erklärt?«

»Sehr witzig!« Herr Kramers Lippen verwandelten sich zu einem Strich. »Die Vorstände der Gebirgsschützenkompanien haben sich vorhin mit mir im Hotel getroffen, wenn du es genau wissen willst. Also, kommst du jetzt bitte? Sie entschuldigen doch, Fräulein Unterprammer?«

»Schwester Maria Evita!«

»Bitte?«

»Ich heiß jetzt Schwester Maria Evita.«

»Ach so, ja. Wollen Sie vielleicht gemeinsam mit uns ...«

»Nein, danke, ich bin bereits verabredet«, unterbrach Maria Evita Herrn Kramer.

»Ja, dann. Schönen Sonntag noch.« Der Postwirt verschwand wieder im Hotel.

Max und Maria Evita sahen sich vielsagend an.

»Die Alpen sind gute achtzig Kilometer weit weg! Seit wann haben wir bitte Gebirgsschützen in Altötting?« Maria Evita konnte mit dem Auftritt von Max' Vater nichts anfangen.

»Haben wir auch nicht. Er ist nur Ehrenhauptmann von irgendeiner Legion im Chiemgau. Einmal Minister im bayerischen Kabinett, und schon kannst dich vor Ehrenmitgliedschaften nicht mehr retten.«

»Dass er das in seinem Alter immer noch durchzieht ... Bewundernswert!«

»Den Gebirgsschützen ist er gerne beigetreten, weil der Gehrock streckt! Dann sieht man nicht so schnell, dass er unglaublich fett geworden ist.« Max rückte seinen Stuhl zurück, als wolle er aufstehen.

»Ich dachte, Ehrenhauptmann wird nur der Ministerpräsident?«

»Papa war der heimliche Ministerpräsident. Das hat mir schon gereicht! Gut, dass der Mist vorbei ist.«

Max' Blick veränderte sich. Er dachte ein paar Jahre zurück. Damals, als er immer unter Beobachtung der Öffentlichkeit stand. Eine Scheiß-Zeit! Nach einem tiefen Durchatmen streckte er Maria Evita seine Hand entgegen. »Siehst ja selbst, dass sich beim Papa ned viel verändert hat. Da hast meine Karte.« Er griff zu seinem Geldbeutel.

Maria Evita besah sich das kleine Ding aus Papier, auf dem in grüner Schrift Max' Name abgedruckt war.

»Du bist also jetzt Oberkommissar?!«, sagte sie nicht ohne eine gewisse Anerkennung. »Ist es das, was du immer wollt'st?«

»Teils, teils ... Vor allem war ich durch meine Berufs-wahl schon während der Ausbildung finanziell unabhängig. Das war mir wichtig!«, antwortete Max. »Bei der Polizei darf ich zeigen, was ich kann und wer ich bin. Klar, als Kramer aus Altötting macht ma zwar ein paar Liegestützen extra während der Ausbildung, aber das ist zu verschmerzen. Hier hätt ich doch immer nur die zweite Geige gespielt. Des wollt i ned.«

»Versteh i scho'.«

Max lächelte. »Mei' Egoproblem eben.«

»Jetzt hör aber auf. Ich kenn wenige Menschen, die so viel Rücksicht auf andere nehmen wie du. Weißt noch, als'd mich immer verteidigt hast, gegen die Burschen vom Bichler?«

»Freilich!«

»Du warst mein Held! Immer wenn die mich g'ärgert haben, warst du zur Stelle, um mir zu helfen.«

»Na ja, damals dachte ich ja no, wir würden irgendwann heiraten!« Max lachte. Diesmal aufrichtig und nicht, um irgendetwas zu überspielen.

Maria Evita ließ sich anstecken. »Siehst, Gott lacht wirklich über jeden Plan! So wie wir jetzt auch.«

Max stand auf, um zu seinen Eltern zu gehen. »Ich hoff, dass wir uns jetzt öfter übern Weg laufen.«

»Das wär schön. Und vergelt's Gott für den Kaffee und den Kuchen!«

Max stand schon am Hoteleingang und zwinkerte ihr zu. »War doch selbstverständlich!«

»Vielleicht magst ja heute Nachmittag zum Gottes-dienst in die Stiftskirche mitkommen?«

»Eigentlich hatte ich bei dem schönen Wetter was ander's geplant.«

»Oder in die Abendandacht?«

»Schau, ich hab nix gegen Gott. Ich red sogar sehr oft mit ihm. Aber es is sei' Fanclub, der mich aufregt.«

II. Du sollst den Namen Gottes
nicht missbrauchen.

»Es nutzt überhaupt nix, dass ich hier für Sie gesund koche, wenn Sie sich dann woanders mit dem fetten Zeug vollstopfen!« Fräulein Schosi war sehr ungehalten. Sie knallte den Topf mit ihrer ayurvedischen Gemüsesuppe auf den Gasherd. Die Menschen auf der gegenüberliegenden Straßenseite konnten jedes Wort verstehen. Fräulein Schosis walkürenhafte Stimme war einzigartig und drang auch durch noch so dickes Mauerwerk.

Besonders beliebt war sie bei den Nachbarn, wenn sie sich samstags für mehrere Stunden in die Badewanne ihrer Erdgeschosswohnung legte und klassische Musik im Hintergrund laufen ließ. Bei Opernübertragungen im Radio sang sie alles mit, vom schwarzen Bass bis zur Soubrettenarie.

Sie schrubbte sich den Rücken mit einer langen Bürste, weil sie sonst nicht alle Stellen ihres voluminösen Körpers erreichen konnte, und sang dazu: »Wir armen, armen Mädchen sind gar so übel dran! Ich wollt, ich wär kein Mädchen, ich wollt, ich wär ein Mann!«

Großes Aufsehen erregte ihre Interpretation des Heerrufers aus Richard Wagners »Lohengrin«. Aber nichts überbot ihre Leistung in einer Arie aus Mendelssohns Oratorium »Paulus«: »Ich danke dir, Herr, mein Gott«, erschallte es aus dem Bad. Die gesamte Arie, die gute fünf Minuten dauerte, bestand fast nur aus dieser einen Textzeile. Im CD-Player mit gedrückter Repeat-Taste konnte das zu einem Anschlag auf die Nerven Monsignore Hirlingers in der Wohnung über ihr werden, wenn nicht sogar der ganzen Stadt.

»Sie wissen, was der Doktor Ihnen verordnet hat! Nix Fettes, nix Süßes und keinen Alkohol! Mit Ihrem Lebenswandel bringen Sie sich noch ins Grab!«

Monsignore Hirlinger bereute den Tag, an dem er Fräulein Schosi von der Warnung des Arztes erzählt hatte. Er war gesund. Nur seine Ernährung sollte er ein bisschen umstellen, um das Risiko eines Alterszuckers in Grenzen zu halten.

»Denken Sie nicht das Schlechteste von mir, Fräulein Schosi. Ich geb mir redlich Mühe.« Er versuchte ein zaghaftes Lächeln.

Fräulein Schosi quittierte den Satz mit einem schrillen Lachen. »Monsignore Hirlinger ...«

In diesem Moment läutete die Türklingel.

»Herrgott, ich danke dir«, murmelte der Monsignore in sich hinein.

»Wer is denn das? Es ist Sonntagmittag! Den Menschen sollte die sonntägliche Ruhe heilig sein.«

»Machen S' doch bitte auf.«

Fräulein Schosi schlurfte den kleinen Gang entlang und drückte mürrisch den Öffner für die Haustüre im Erdgeschoss. Als sie daraufhin die Wohnungstür öffnete, erschrak sie, denn im Treppenhaus stand bereits jemand. Es war Schwester Maria Evita.

»Unten ist nicht abgeschlossen gewesen. Ich, ähh ... Gesegneten Sonntag, Fräulein Schosi!«

»Das wünsch ich Ihnen auch, Schwester«, kam es gereizt zurück.

Der Monsignore lugte um die Ecke der Küchentür.

»Ach, Maria, du bist's. Komm rein! Wir wollten gerade anfangen zu essen.«

»Ich möchte Sie auf keinen Fall stören.«

»Du störst doch nie. Komm, setz dich!«

Fräulein Schosi rückte missmutig einen Stuhl am Küchentisch für die Schwester zurecht.

Schlechter hätte der Zeitpunkt nicht sein können. Also war ihr Monsignore noch einmal ohne große Predigt davongekommen. Aber wenn sie allein waren, würde sie ihm schon klarmachen, was er sich durch seine Umtriebe antat.

Die Suppe war inzwischen wieder heiß geworden. Aus dem Topf dampfte es, begleitet von einem sonderbaren Geruch. Fräulein Schosi holte drei Teller aus dem Küchenschrank und füllte ihr ayurvedisches Machwerk ein.

Bei der Volkshochschule Altötting hatte sie extra für ihren Monsignore den ayurvedischen Basiskochkurs belegt: »Wellness zum Schlemmen«. Der Kursleiter hatte sie ausdrücklich zum Experimentieren ermuntert und ihren Ayurveda-Ess-Typ bestimmt.

Fräulein Schosi war, laut dem Wellnesskochexperten, ein Vata-Pitta-Mischling oder Kapha-Dings, das wusste sie jetzt auch nicht mehr so genau, aber der Einfachheit halber hatte sie Hirlinger auch gleich zu einem solchen erklärt. Wo kämen wir denn da hin, wenn jeden Tag für sie beide etwas Unterschiedliches gekocht werden musste!

Warme Gemüsebrühe war so einfach zuzubereiten. Manchmal schnibbelte sie auch etwas eingeweichtes Trockenobst mit hinein für den indischen Kick. Das Experiment brachte das gewisse Etwas. Und die Gewürze! Mit Curry wurde einfach alles besser. Erst neulich hatte sie von einem Fernsehkoch gehört, wenn nur ordentlich gewürzt werden würde, dann könnte man die meisten Gesellschaftskrankheiten gleich im Keim ersticken. Und im gelben Curry steckte doch wirklich alles drin! Man konnte also gar nichts verkehrt machen. Seither war der Verbrauch des gelben Pulvers im Hause Hirlinger sprunghaft angestiegen.

»Komm, Herr Jesus, sei unser Gast, und segne, was du uns bescheret hast. Amen.«

Die Löffel wurden eingetaucht.

»Ein Gedicht, diese Suppe!«, lobte Maria Evita. »Haben Sie das Gemüse aus Ihrem eigenen Garten, Fräulein Schosi?«

»So weit kommt's noch! Ich bau schon zwei Jahre nix mehr selber an. Der Haushalt vom Monsignore macht mehr als genug Arbeit. Und das Tiefkühlgemüse vom Discounter schmeckt ohnehin besser, und weil glei nach der Ernte eingfroren, ist es reicher an Vitaminen.«

»Verstehe.«

Man hörte die Löffel am Tellerboden kratzen. Ein peinliches Schweigen entstand.

Also ergriff der Monsignore das Wort. »Es bleibt doch bei unserer Verabredung für den Nachmittagsgottesdienst, Maria?«

»So, Sie haben eine Verabredung?«, unterbrach ihn Fräulein Schosi.

»Ja, für die Stiftskirche.« Maria Evita nickte.

»Wie lange haben Sie das denn scho ausg'macht?«

»Schon ein paar Tage.« Maria Evita und der Monsignore sahen sich an. »Warum wollen Sie das denn wissen?«

Etwas beleidigt wiegte Fräulein Schosi ihren Kopf hin und her. »Nur so!«

Erneut peinliches Schweigen. Besonders stimmungshebend war der Geschmack dieses indischen Gebräus nicht gerade, fand Maria Evita.

»Ja, und vorher wollten wir noch einen Spaziergang unternehmen. Für die Gesundheit des Monsignore!« Maria Evita gab Hirlinger unter dem Tisch einen kleinen Tritt und erhob sich.

»Ach ja, der Spaziergang«, sagte Hirlinger und stand ebenfalls auf. »Vergelt's Gott, es war ausgezeichnet. Wir machen uns dann auf den Weg.«

»Hinsetzen!« Fräulein Schosi sah Hirlinger streng an. »Erst wird aufgegessen! Diese Suppe enthält alles, was Sie für Ihre Gesundheit brauchen. Vorher lass ich Sie ned aus'm Haus!«

Monsignore Hirlinger sank eingeschüchtert auf seinen Stuhl zurück. Es hatte keinen Sinn, Fräulein Schosi zu widersprechen. Der Teller musste geleert werden.

Entmutigt stand Maria Evita neben dem Tisch und folgte jeder Regung Hirlingers, der die Suppe nun ganz tapfer Löffel für Löffel in sich hineinschaufelte. Der aufdringliche Currygeschmack nervte, aber die Brühe musste hinunter. Was blieb ihm also übrig? Die Luft anzuhalten war der einzige Ausweg. Nach knapp einer halben Minute war in seinem Teller kein Tropfen mehr übrig. Respekt!, dachte sich Maria Evita.

Der Monsignore beeilte sich aufzustehen, da er ernsthaft fürchtete, einen weiteren Teller Brühe aufgezwungen zu bekommen, wenn er jetzt nicht umgehend verschwand. Die Suppe stand ihm eh schon knapp unterm Kehlkopf. Sodbrennen stieg in ihm auf. »Ich bin dann weg! Vergelt's Gott für das Mittagessen.«

»Das ist ja ein schneller Abgang! Soll ich Ihnen nicht doch noch kurz Ihren Brennnesseltee aufbrühen?«, grätschte Fräulein Schosi ein.

Hirlinger drehte sich zu Maria Evita und verzog angewidert sein Gesicht.

Sie musste ihm irgendwie aus dieser Situation helfen.

»Leider ist dafür keine Zeit mehr. Wir sind wirklich spät dran.« Ihre Hände schoben den Monsignore kurzentschlossen auf den Gang.

»Wann kommen Sie denn wieder heim?«, hallte es hinter ihren Rücken aus der Küche.

»Nach dem Gottesdienst.«

*

Als Maria Evita und der Monsignore das Haus endlich verlassen hatten, bat er sie um einen Kaugummi. »Ich kann kein Curry mehr sehen!«, fügte Hirlinger als Erklärung hinzu.

Maria Evita musste passen. »Ich hab leider keinen bei mir, nicht einmal ein Bonbon.«

Der Monsignore seufzte: »Macht nichts. Ich werde versuchen, den penetranten Nachgeschmack in meinem Mund durch ein Vaterunser zu bekämpfen.«

Nebeneinander schlenderten sie in der Sonne dem Kapellplatz entgegen. Maria Evita wollte nun endlich die Gelegenheit nutzen und Hirlinger von ihrem vorherigen Zusammentreffen erzählen. Ihre Gedanken kreisten um Max. Gefühlstechnisch war sie um zehn Jahre zurückgeworfen worden. In eine Zeit, die sie aus ihrem Leben verbannt zu haben dachte. Allerdings hatte ihr das Gespräch mit Max gezeigt, dass sie von einem Schlussstrich weit entfernt war. »Haben Sie schon die Neuheiten in den Devotionalienläden g'sehen, Joseph?« Der Name Max wollte ihr einfach nicht über die Lippen kommen.

»Ich hab aufgehört, mich aufzuregen.«

»Meine Tante verkauft jetzt dann ned nur Madonnen, in die man Wasser einfüllen kann, sondern bald auch an Flachmann in Form vo' am Kruzifix.«

»Wär es nicht so lächerlich, müsste man fast sagen ›Kruzifix‹! Der Glaube treibt manchmal sonderbare Blüten. Erinnerst du dich noch, als unser letzter Papst ins Amt eingeführt wurde? Wir waren alle so begeistert. Einer aus unserer Gegend wurde der Stellvertreter Christi auf Erden. Und was machen die eigenen Leute? Erfinden als Erstes das ›Papstbier‹ und als Zweites den ›Papststab‹, eine zum Bischofsstab gebogene Knackwurst.«

»Das ist doch echt das Allerletzte!«

»Ja, wirklich! Allerdings muss ich zugeben, dass es eine richtig gute Knackwurst war.«

»Sie, Joseph! Sie haben ...«

»Muss ja keiner erfahren!«

»Ich fang erst an, an Ihnen zu zweifeln, wenn ich in Ihrer Tasche das mit Schnaps gefüllte Kruzifix finde.«

Monsignore Hirlinger konnte sich ein leises Lachen

nicht verkneifen. »Stell dir vor, ich würde das während der Beichte aus meiner Tasche ziehen.«

»Joseph, ich bitt Sie.«

»Ich denke, dass unser Herrgott ab und an auch für einen kleinen Witz zu haben ist.«

Die zwei waren vor der Stiftskirche angekommen und blickten auf den Bogengang der Gnadenkapelle, um die drei Oberpfälzer mit einem geschulterten Kreuz eifrig ihre Bahnen zogen.

»In keiner anderen deutschen Stadt ist der Glaube so im täglichen Leben verwurzelt wie hier. Aber du solltest nie vergessen, Maria: Der Altöttinger glaubt anders!«

»Ich kann Ihnen ned folgen, Joseph.«

»Deine Tante ist eine fromme Frau! Sie verdient ihr Geld mit Glaubensplunder, macht aber Menschen damit zufrieden. Der Altöttinger glaubt mit einem Lächeln auf den Lippen. Denkst du wirklich, sie nimmt das alles ernst, was sie da in ihrem Laden hat?«

Maria Evita hatte auf diese Frage keine Antwort parat.

»Oder schau dir die Buben vom Bichler an, die Zwillinge drüben. Sie führen jetzt das elterliche Gasthaus auf der anderen Seite des Kapellplatzes und sind im Pfarrgemeinderat aktiv. Was waren das früher für Lausbuben, und jetzt haben sie sich mit dem Glauben arrangiert. Der Franzl, der mit dem leichten Sprachfehler, wollte, als er noch auf dem Gymnasium war, all die großen Kreuze entfernen, die an der Gnadenkapelle für die Wallfahrer bereitstehen.«

»Warum?«

Der Monsignore sah sie vergnügt an. »Um einen eigenen Kreuzverleih aufzumachen. ›Rent a cross‹! Eigentlich ein genialer Plan. Oder nimm seine Geschäftsidee zum internationalen Weihwasserversand. Darauf wartet die Welt allerdings bis heute.«

»Ich weiß ned, was Sie daran lustig finden, Monsignore Joseph?!«

»Maria, du solltest zum Altöttinger Glauben zurückkehren. Mit einem Lächeln auf den Lippen. Man erträgt so vieles leichter!«

Vielleicht hatte er recht. Sie überlegte kurz. Er ertrug ja auch Fräulein Schosi.

»Komm! Lass uns schon zur Messe in die Stiftskirche gehen. Wir haben noch Zeit und beten vorher gemeinsam einen Rosenkranz.«

Als sie nicht reagierte, wurde sein Gesichtsausdruck ernster. »Du hast etwas auf dem Herzen, Maria?«

Maria Evita fühlte sich ertappt. Wie leicht war sie doch zu durchschauen.

»Maria, schon die ganze Zeit willst du mir eigentlich etwas sagen, oder?«

Ihr Gesichtsausdruck bejahte seine Frage. Hirlinger musterte sie aufmerksam.

Maria Evita atmete tief ein. »Max ist wieder da!«

Der Monsignore nickte, denn er wusste, was nun in ihr vorgehen musste. »Das weiß ich schon. Ist es schlimm für dich?«

Sie sagte nichts darauf. »Schlimm« war nicht das richtige Wort, »verunsichert« traf ihre Gefühlslage eher.

Monsignore Hirlinger trat zum großen hölzernen Portal der Stiftskirche und drückte es auf. »Komm«, sagte er, »ein Rosenkranz wirkt manchmal Wunder!«

III. Du sollst den Tag des Herrn heiligen.

Die Stiftskirche war noch nicht sonderlich gefüllt. Der Monsignore deutete auf eine der vorderen Reihen, um sich zu setzen.

Über der feierlichen Stille schwebte das leise Surren des »Todes von Eding«: ein kleiner, geschnitzter Sensenmann aus der Pestzeit, der auf einer hohen Uhr thronte und dort seiner Arbeit nachging. Der Volksmund sagte, jedes Mal, wenn der Tod seine Sense schwang, starb ein Mensch.

Maria Evita bekreuzigte sich und sah zu dem Gerippe hinauf. Schon als Kind war ihr bei dem Anblick immer ein eisiger Schauer über den Rücken gelaufen.

»Memento moriendum esse! Bedenke, dass du sterblich bist«, flüsterte Hirlinger, der ihren Blick mitbekommen hatte. Auch er verspürte immer ein leichtes Unwohlsein, wenn er unter dem »Tod von Eding« stand. Maria Evita holte ihren Rosenkranz hervor und begann zu beten.

Nach und nach betraten immer mehr Wallfahrer die Stiftskirche und füllten die Reihen. Neben den Monsignore setzten sich drei Frauen und begannen leise miteinander zu sprechen. Vermutlich waren es drei Generationen einer Familie aus der Oberpfalz. Das jüngste Mitglied war ungefähr so alt wie Maria Evita.

»Ist ja ein sehr gesprächiger Familienausflug«, raunte Hirlinger genervt, der sich in seiner Andacht gestört fühlte.

»Also, ich fand heute die drei Gänge im Hotel ausgezeichnet, Frau Stahl.« Anscheinend war die weißhaarige Dame etwas schwerhörig, denn ihre Kommentare zum Mittagessen waren für jedermann deutlich hörbar.

»Da haben Sie meinen Schweinsbraten noch nicht probiert, Frau Miller!« Die Mittlere sprach etwas leiser.

Doch kein Familienausflug!, dachte Maria Evita.

Wie bei einer Gedankenübertragung fügte der Monsignore hinzu: »Katholischer Frauenbund.«

Im Mittelgang neben ihrer Reihe machte ein alter Mann in zerknittertem Hemd und grüner Trachtenweste eine unsichere Kniebeuge. Das Gehen und Stehen fiel ihm sichtlich schwer.

»Schönen Sonntag, Schwester! Erbauliche Andacht, Monsignore!« Der Mann setzte sich mit großer Mühe neben Maria Evita.

Es war der alte Bichlerwirt. Seine schneeweißen Haare hatte er zu einem korrekten Seitenscheitel gezogen. Sie nickten sich in ihrer Reihe zu. Man kannte sich in Altötting.

»Entschuldigen S', Schwester, aber i muss mich vorne an der Bank einhalten, mir is ein bissal schwindelig.«

Anscheinend hatte der Gute heute beim Frühschoppen wieder eine Maß zu viel.

Ein junger Kaplan mit zwei Ministranten betrat nun den Altarraum. Die Glocke neben der Sakristei wurde gezogen, und die Menschen in der Stiftskirche erhoben sich.

Der alte Bichlerwirt blieb sitzen. Die Begrüßungsworte des Kaplans hallten durch die Gänge der Kirche. Danach Stille.

Nur in den hinteren Reihen war ein permanentes Murmeln zu vernehmen. Es wollte nicht aufhören. Maria Evita drehte sich um. Der Ursprung war für sie nicht zu erkennen. Die drei Oberpfälzerinnen neben dem Monsignore waren in Tränen ausgebrochen. Wenigstens sie hatte der Geist Gottes erreicht.

»Frau Stahl, sehen Sie plötzlich auch so schlecht?« Die Schwerhörige war nicht zu überhören.

»Ja, schon seit vorhin brennen meine Augen wie Feuer, und der Weihrauch hier macht's aa ned besser!«

»Geht's euch beiden auch so beschissen?«, mischte sich die Junge ins Gespräch ein.

Der Kaplan am Altar wurde von dem permanenten Getuschel sichtlich nervös.

Maria Evita ließ ihren Blick wandern. Viele Pilger rieben sich die Augen oder wischten sich mit einem Taschentuch die Tränen aus dem Gesicht.

Die Schwerhörige stand auf. »Kathrin, bitte helfen Sie mir nach draußen. Meine Augen ...«

Die Jüngere reichte ihr die Hand.

In allen Reihen herrschte merklich Unruhe. Der alte Bichler lehnte sich nach vorne und begann zu röcheln. Auch das noch! Hoffentlich übergab er sich nicht in der Kirche. Seinen Rausch hätte der Alte auch zu Hause ausschlafen können. Er schwitzte. Sein Hemd unter den Achselhöhlen war nass.

Was war denn hier nur los? Der junge Kaplan stolperte über die Altarstufen. Ihm war nicht entgangen, dass im Kirchengestühl etwas Merkwürdiges vor sich ging. Mehrere Pilger verließen den Gottesdienst.

Plötzlich schrie Maria laut auf. Der Monsignore sah entsetzt zu ihr hinüber.

»Notarzt!«, kam es jetzt leise, fast keuchend von ihr. »Der Herr Bichler ...«

Hirlinger sprang sofort auf und rannte um die Kirchenbank. Auf dem Steinboden lag der alte Bichler und bewegte sich nicht mehr.

Manche Pilger gerieten in Panik und eilten dem Ausgang entgegen. Der Kaplan und die beiden Ministranten kamen auf den Monsignore zugelaufen, blieben aber im Gewühl fast stecken.

»Mein Gott, ruft doch endlich einen Arzt!«, schrie Hirlinger ihnen entgegen.

Der Kaplan wollte schon wieder zur Sakristei umkehren, als einer der Ministranten ein Handy unter seiner Kutte hervorholte.

»Ja? Wir sind in der Stiftskirche Altötting. Krankenwagen, wir brauchen einen Krankenwagen. Es liegt hier jemand am Boden und bewegt sich nimmer. Keine Ahnung! Ich bin Ministrant ...«

»Gib mir das Ding!« Hirlinger griff nach dem Handy. »Hier spricht Monsignore Hirlinger! Der alte Herr Bichler ist gerade zusammengebrochen. Beeilen Sie sich! Stiftskirche Altötting!« Er legte auf.

Währenddessen hatten Maria Evita und der Kaplan den reglosen Bichler auf den Rücken gedreht. Die Ministranten zogen ihre Kutten aus, um den Kopf des alten Herrn darauf zu betten und ihn zuzudecken.

Der Kaplan versuchte Bichlers Puls zu fühlen. Vergeblich. Seine Hand hing schlaff herunter. Hirlinger und Maria Evita sahen sich ernst an, ihre Mienen fast so erstarrt wie die des Körpers zu ihren Füßen.

In der Stiftskirche wurde es ruhiger. Die wenigen verbliebenen Schaulustigen standen wie angewurzelt. Die Szene hatte etwas Unwirkliches.

Nur das Surren des »Todes von Eding« begleitete das Geschehen. Nach links und nach rechts schwang das Gerippe seine Sense. Unaufhörlich und fatalistisch ging das Getriebe seiner Arbeit nach.

Diese hilflosen Minuten waren zum Verzweifeln. Der Kaplan mühte sich vergeblich mit Wiederbelebungsmaßnahmen ab.

Maria Evita umklammerte die Hand des alten Bichler. Sie wurde immer kälter, und Maria Evita konnte fühlen, wie sich das Leben aus dem Mann verabschiedete.

Endlich drang von fern das erlösende Martinshorn in das Gewölbe. Der Klang wurde immer lauter, bis er vor der Pforte der Stiftskirche abrupt endete.

Drei weißgewandete Menschen stürzten herein. Wie Erlösergestalten kamen sie auf die kleine Gruppe zugelaufen. Für Maria Evita geschah alles in quälender Zeitlupe. Sie ging auf die Seite und machte Platz. Hirlinger lieferte dem Notarzt eine kurze Zusammenfassung der Geschehnisse, während dieser den alten Bichler untersuchte.

»Heilige Maria, Mutter Gottes, bitte für uns Sünder, jetzt und in der Stunde unseres Todes. Amen.« Maria Evita fühlte den Rosenkranz in der Tasche ihres Habits. Mit Daumen und Zeigefinger betastete sie das Kreuz am Ende der Kette. Die kleinen Perlen aus Holz glitten durch ihre Finger.

»Er hatte ein erfülltes Leben.«

Hirlingers Satz beendete ihr Gebet. »Tot?«

Der Notarzt nickte.

In diesem Moment öffnete sich die Pforte der Stiftskirche mit einem lauten Krachen.

Zwei Männer und eine Frau hasteten herein. Als sie den alten Bichler auf dem Boden liegen sahen, blieben sie wie versteinert stehen. Maria Evita erkannte die Frau des Toten und seine Söhne, Korbinian und Franz.

Der Schreck war Anna Bichler sichtlich in die Glieder gefahren. Franz und Korbinian Bichler trugen ihre Kelleruniformen. Das Geschäft musste warten.

Eine Stufe, die nach unten führte. Hastige Blicke. Vorne im Seitenschiff lag ihr Vater. Ruhig und friedlich. Um ihn eine kleine Menschenmenge. Ihre Mutter wagte ein paar Schritte nach vorne, dann erstarrte sie.

Alle Augen waren auf die Bichlers gerichtet.

»Papa?«

»Was is mit mei'm Mann passiert?«

Die Söhne griffen ihrer Mutter unter die Achseln, da ihre Knie nachzugeben drohten.

»Wir konnten nichts mehr für ihn tun.«

»Heiliger Dismas, rechter Schächer, steh uns bei!«, seufzte Frau Bichler. Dann verlor sie das Bewusstsein.

IV. Du sollst Vater und Mutter ehren.

Herr Kramer konnte nicht aufhören, seinen Kopf zu schütteln. »Wie kann man nur so gottverdammt blöd sein?« Seine Stimme zitterte vor Zorn. »Ein Jahr!«, brüllte er. »Nur ein dämliches kurzes Jahr!«

Dieser Ausbruch erntete weder bei Ehefrau noch Sohn ein müdes Lächeln, geschweige denn Entsetzen wegen der Lautstärke. Seitdem Max sich aus freien Stücken nach Mühldorf hatte versetzen lassen, kam es alle paar Tage vor, dass sich sein Vater deshalb in Rage redete. Ihm fiel einfach nichts Neues ein. Wie eine hängengebliebene Langspielplatte wiederholte er in regelmäßigen Abständen denselben Text.

Seine Familie maß den Worten keinerlei Bedeutung bei, sondern konzentrierte sich stattdessen auf ihre Teller, gefüllt mit Rahmschwammerln. Es hatte schon lange genug gedauert, bis alle Wallfahrer draußen versorgt waren und Frau Kramer endlich ein paar Minuten fand, mit ihren zwei Männern zu Mittag zu essen. Jetzt sollte keine Zeit mehr durch eine sinnlose Vater-Sohn-Diskussion vergeudet werden.

Die Uhr im kleinen Gastraum, in den sich die Familie zurückgezogen hatte, schlug drei Mal. Wirklich enorm spät für ein sonntägliches Mittagsmahl.

Vater Kramer setzte von neuem an: »Wie kann man seine Karriere einfach nur so wegschmeißen? Ich habe alles für dich getan! In einem Jahr wärst du als Kommissar in das Innenministerium versetzt worden, das haben mir meine Spezln versprochen! Die Zeit hättest du auch noch durchgehalten! Aber nein, der Herr Sausohn will ja plötzlich nach Mühldorf. Mir fehlt dafür jegliches Verständnis! Dir war es schon immer scheißegal, wenn ich etwas für dich arrangiert habe, oder?«

Max betastete derweil mit seiner Zunge das Zahnfleisch. Es fühlte sich an, als ob er etwas zwischen den Zähnen hätte. Da unten am linken Eckzahn war ein Fremdkörper, der dort nicht hingehörte. Ein kleines Stück Steinpilz weigerte sich beharrlich, den Zahnzwischenraum zu verlassen. Mit einem festen Druck wollte er gerade das Ding herausbefördern, als er plötzlich einen leichten, aber trotzdem unangenehmen Stoß an seiner Schulter empfing. Verständnislos ließ er seinen Kopf in die Richtung wandern, aus der er gekommen war.

Die wütenden Augen seines Vaters stierten ihm entgegen: »Hörst du mir überhaupt zu?«

Ihre Blicke trafen sich. Es entstand eine kurze Pause, denn Max hatte keine Antwort parat. Was hatte sein Vater gerade gesagt? In Windeseile versuchte er die Bruchstücke, die hinter seiner Stirn kein Ganzes formen wollten, zusammenzusetzen. Es wollte ihm aber nicht gelingen. Also entschied er sich für die Wahrheit.

Max räusperte sich: »Offen gestanden, Papa ... nein!«

Herr Kramer schnappte nach Luft. Auf diese entwaffnende Ehrlichkeit wusste er nichts mehr zu entgegnen.

Sein Sohn nutzte die Gelegenheit und ergriff das Wort. »Ich höre seit Wochen nix anderes als Ministerium bla, bla, bla, Karriere bla, bla, bla und dass ich in deinen Augen dumm bin. Ich bin alt genug. Meine Entscheidung! Meine Konsequenzen! Mein Leben! – Isst du das noch auf? Oder kann ich den Kellner zum Abservieren rufen?«

Spiel, Satz, Sieg! Max lächelte breit in das zornrote Gesicht seines Vaters.

Herr Kramer war es nicht gewohnt, dass mit ihm in diesem Ton gesprochen wurde. Fest kniff er seine Augen zusammen und atmete durch den Mund. Leise, fast buchstabierend formte er nun seine Worte: »Von dir lass ich mich nicht provozieren! Von dir nicht! Und danke! Ich habe keinen Appetit mehr.«

»Fabio, wir sind fertig!«, rief Max daraufhin aus der kleinen Stube zur Küche hinaus.

Im Eiltempo kam ein kleiner Italiener an den Tisch der Kramers gelaufen und lud sich flink die Teller auf die Arme. Natürlich hatte er jedes Wort seines Chefs mitbekommen, aber professionell, wie er war, ließ er sich nichts anmerken, sondern fragte, ob die Herrschaften noch einen Espresso wünschten. Max und seine Mutter nickten, Vater Kramer bestellte kühl einen Grappa.

Als Fabio das Zimmer verlassen hatte, fing der alte Kramer wieder an, wütend den Kopf zu schütteln, dann biss er sich auf die Lippe und sah seiner Frau auffordernd ins Gesicht: »Jetzt sag halt auch mal was!«

Die Postwirtin seufzte: »Ich mische mich da nicht ein! Max hat gute Gründe, und die werden wir respektieren. Außerdem ist es wirklich sein Leben, das geht uns keinen Millimeter mehr an.«

Es war zum Verzweifeln! Nicht einmal seine Frau hielt in dieser Sache zu ihm. Als Stütze hatte er sie hier anscheinend verloren. Dem Postwirt schossen unerwartet Tränen in die Augen. Sein feuchter Blick wanderte zur Decke. Weder seiner Frau noch seinem Sohn wollte er in diesem Moment der Schwäche direkt in die Augen sehen.

»Weißt du, Max, es ist verdammt schwer, wenn man für dieses jahrhundertealte Familienunternehmen keinen Nachfolger hat. Wir sind hier seit mehr als neun Generationen die Posthalter, und ich will nicht akzeptieren, dass ich der Letzte sein soll. Gut, wenn du deine Zukunft bei den Kriminalern siehst, ist das eben nicht zu ändern. Aber ich wollte dir wenigstens helfen, dass du es mit deiner Karriere leichter hast als viele deiner Kollegen ...«

Fabio klapperte mit einem Tablett und unterbrach das Bekenntnis seines Chefs. Er stellte zwei kleine Tassen auf den Tisch sowie den bestellten Grappa und verschwand.

Die Familie schwieg sich an. Max hatte seinen Papa noch nie so offen erlebt. Das hinterließ Spuren. Vorhin war er ihm noch ganz selbstsicher gegenübergetreten, aber nun breitete sich Unbehagen in seiner Magengrube aus. Hatte er vielleicht doch die falsche Entscheidung getroffen?

Max zweifelte wirklich einen Moment lang an sich selbst, doch dann war er sich wieder sicher: Nein, hatte er nicht! Niemand lebte sein Leben, das tat er schon ganz alleine, und leicht war ihm die Entscheidung nicht gefallen. Das stand fest! Nur wie sollte Max das seinem Vater verständlich machen?

Mit einem kleinen Löffel rührte er im Kaffee, bis der dunkle Espresso aus der Tasse schwappte und in das weiße Tischtuch sickerte. Mist! Max schloss für einen kurzen Moment die Augen. Diese Wortlosigkeit am Tisch verstärkte sein mieses Gefühl.

Auf einmal vibrierte es in Max' Hosentasche. Wie ein rettender Himmelsgruß unterbrach der »Bayerische Defiliermarsch« die Anspannung. Ein Anruf. Seine Hand nestelte das kleine Ding hervor. »KPS«, die Abkürzung für seinen Arbeitgeber, leuchtete auf dem Display. Das bedeutete Arbeit am Sonntag. Allerdings konnte er sich gerade nichts Schöneres vorstellen, als eine Entschuldigung zu bekommen, den Tisch schnellstmöglich zu verlassen.

Bewusst drückte er die Lautsprechertaste, damit auch seine Eltern das Gespräch hören konnten. Das war einfacher, als später alles in einer Erklärung zusammenzufassen. Vor seiner Familie pfiff er auf die berufliche Schweigepflicht.

Herr und Frau Kramer verfolgten das Telefonat gebannt, und auch Max' Augen weiteten sich immer mehr.

»Wann?!« Max glaubte, sich verhört zu haben.

»Ja, eine gute halbe Stunde wird das schon her sein«, tönte eine männliche Stimme aus dem kleinen Lautsprecher. »Die Grünen haben sich viel Zeit gelassen, uns in der KPS zu verständigen.«

»Typisch für die Altöttinger Kollegen!«, erzürnte sich Max. »Ist jetzt aber auch egal! Gib mir einen kurzen Abriss, Fritz!«

»In der Stiftskirche haben wir einen Toten und circa fünfundzwanzig Besucher mit Sehstörungen. Notarzt und Grüne sind vor Ort. So, und jetzt halt dich gut fest!

Eine gewisse Meier vom *Alt-Neuöttinger Anzeiger* hat auch schon hier angerufen, die ist nämlich ebenfalls an der Sache dran.«

»Presse?«, entfuhr es Max entgeistert. »Was soll denn das?«

»Nenn es einen dummen Zufall, dass sie dabei war, als es passiert ist. Wir sehen uns dort.«

»Bin unterwegs!« Er legte auf.

Seine Eltern waren unterdessen zu Salzsäulen erstarrt. Was sollte man dazu nur sagen? Ein Toter in der unmittelbaren Nachbarschaft! Nicht unbedingt die angenehmste Sonntagsüberraschung.

Max sprang auf, warf beiden einen kurzen, entschuldigenden Blick zu, wobei es ihm ja gar nicht leidtat, aus der Gaststube zu fliehen. Schnell griff er zu seiner Umhängetasche auf der Bank und spurtete nach draußen.

Herr Kramer war der Erste, der die Sprache wiederfand: »Die Presse stürzt sich auf so einen Vorfall wie die Geier auf einen Kadaver!« Fassungslos stand er auf. »Fünfundzwanzig Kirchenbesucher mit Sehstörungen und ein Toter. Altötting bräuchte ein neues Wunder, um den Tourismus anzukurbeln, und was produzieren wir? Einen richtigen Skandal!«

Der besorgte Blick seiner Frau folgte ihm. »Ich kann mir nicht vorstellen, dass es sich so schnell rumsprechen wird. Und dann sollten wir erst mal abwarten, was Max' Ermittlungen ergeben.« Ihre Stimme war viel ruhiger als die ihres Mannes.

»Ermittlungen? Der Presse sind Ergebnisse doch völlig wurscht! Hauptsache, die Auflage stimmt! Was muss auch ausgerechnet heute jemand vom *Alt-Neuöttinger Anzeiger* in der Stiftskirche sitzen?«

»Du dramatisierst.«

Herr Kramer kratzte sich am Kopf, dann brach es wieder aus ihm hervor. »Mist! Einfach nur Mist! Erinnerst du dich an den Artikel in der *Süddeutschen Zeitung* über die schlechte Qualität des Weihwassers in Altötting? Der Aufschrei ging durch ganz Deutschland und hat uns allen sehr geschadet. Ich brauch dir nicht zu erzählen, dass wir von den Besuchern Altöttings leben.«

Frau Kramer griff demonstrativ nach dem Schnapsglas und stellte es ihrem Gatten vor die Nase. »Trink deinen Grappa!«

*

Vom Kapellplatzausgang des Hotels sah Max schon die Menschentraube und den Krankenwagen vor dem Kirchenportal. Als er sich durch die Menge ins Innere der Kirche geschoben hatte, erblickte er zwei grün Uniformierte, die mit einem Absperrband einen Teil der Sitzbänke für die Pilger unzugänglich machten.

»Servus, Kollegen!«

»Ach, der Herr Kramer junior. Auch schon da?«

Max ärgerte diese Anrede, er ließ sich aber nichts anmerken. »Des ist ja der alte Bichler!«, entfuhr es ihm beim Anblick der Leiche.

»Der Notarzt konnte nix mehr machen. Außerdem hatten wir noch gut zwanzig Leute hier, die nicht mehr richtig aus den Augen rausschauen konnten, die sind aber scho' auf dem Weg ins Krankenhaus. Der Notarzt meinte irgendwas vo' einer allergischen Reaktion bei den Leuten.«

»Aha. Ja, und weiter?«

»Die Personalien hamma natürlich alle aufg'nommen, so gut es ging. Der Arzt ist noch draußen. Der hat keine Eile, anscheinend ein ruhiger Tag in der Notaufnahme. Vielleicht wendest dich erst mal an den. Wir übergeben dir dann alles später. Bist du heute ganz allein unterwegs?«

»Ich war zufällig schon in der Stadt. Mein Kollege, der Kriminalhauptmeister Fäustl, kommt gleich aus Mühldorf.« Max machte kehrt und suchte draußen nach dem Notarzt.

Vor der Kirche standen die üblichen Gesichter Altöttings versammelt. Pilger, Klosterschwestern und Rentner unterhielten sich aufgeregt über das Geschehene.

Max baute sich vor dem Krankenwagen auf, an dem lässig die zwei Sanitäter und der Arzt lehnten. »Kramer, Kripo Mühldorf. Mit wem hab ich das Vergnügen?«

»Ob es ein Vergnügen wird, wage ich zu bezweifeln!« Der Arzt drückte Max ein Papier in die Hand. »Todesbescheinigung.«

Max überflog das Papier. Bei »Todesart« war »ungeklärt« angekreuzt. Aha.

»Also, ich glaube mal nicht, dass der Methusalix da drin an Altersschwäche gestorben ist«, fuhr der Arzt fort. »Es ist auch fraglich, ob das alles nicht etwas miteinander zu tun hat.«

»Was meinen Sie damit, können Sie das bitte präzisieren?«

»Na, dass bei den einen da drin die Augen tränen und anschwellen, und daneben kippt so ein alter Knacker um. Kann sein, dass die einen eben nur heulen, und bei ihm hat sich dann das Ganze einfach schlimmer ausgewirkt. Also die Reaktion auf was auch immer, meine ich.

Übrigens bin ich sicher nicht dafür da, um irgendwelche Allergien bei pilgernden Bauern zu behandeln.«

Der Bichlerwirt war alt. Gut! Dass der Tote aber erst als Methusalix und dann als alter Knacker bezeichnet wurde, ärgerte Max. Es schien ihm äußerst pietätlos. Arrogantes Arschloch!

»Der Tote heißt Bichler. Etwas mehr Respekt in der Angelegenheit würde vielleicht nicht schaden!«

»So war das überhaupt nicht gemeint«, ruderte der Notarzt zurück. »Jetzt entschuldigen Sie mal, aber das, das ...«

Max hatte ihn mit der Bemerkung wohl von seinem hohen Ross gestoßen. Ihm war nicht entgangen, dass die beiden Sanitäter sich schadenfroh angrinsten. Anscheinend hatte er nicht das beliebteste Mitglied der Altöttinger Kreisklinik vor sich.

»Zurück zum Vorfall!« Max zückte sein Diktiergerät und hielt es dem Arschloch unter die Nase. Schreiben war nie seine Stärke gewesen und Schnellschreiben schon gleich gar nicht. Um wirklich auch noch das kleinste Detail gespeichert zu haben, benutzte er diese winzige schwarze Box.

»Nennen Sie bitte Ihren Namen und sagen Sie, wo ich Sie bei Rückfragen erreichen kann.«

»Doktor Stephan Drengelmann. Am besten bin ich in der Notaufnahme des Klinikums Altötting zu erreichen oder unter ...« Der Notarzt diktierte seine Handynummer.

»Was für einen Eindruck hatten Sie vom Toten?«

»Als wir ankamen, waren schon keine Lebensfunktionen mehr erkennbar. Bevor er umgefallen ist, wurde ihm wohl schwindelig. Er hat sich an die Kirchenbank geklammert, geröchelt und ist dann zu Boden gegangen. So hat es uns die Augenzeugin beschrieben.«

»Und die Allergie?«

»Ja, zeitgleich klagten viele der Kirchenbesucher über Sehstörungen. Auch im direkten Umfeld des Toten. Möglich, dass irgendwas in der Luft fliegt und es sich um eine allergische Reaktion handelt oder um Bakterien oder sonst was. Die anderen Patienten habe ich schon ins Krankenhaus geschickt. Die sind gleich komplett mit ihrem Pilgerbus hingefahren.«

»Können Sie mir denn Näheres zu der Augenzeugin sagen?«

»Da drüben steht sie noch. Die junge Nonne.«

Das durfte jetzt nicht wahr sein! Es war Maria Evita, auf die der Notarzt deutete.

Max bedankte sich und ermahnte ihn, sich für eventuelle Rückfragen zur Verfügung zu halten, dann schritt er auf den schwarzen Habit zu.

»Jetzt treffen wir uns doch beim Gottesdienst.« Max schmunzelte.

»Ja, aber ich könnte mir bessere Umstände vorstellen.«

»Geht's dir gut? Oder hast du auch was in deine Augen bekommen?«

»Nein, mir fehlt nix, ich hab wohl einfach Glück gehabt!«

»Du hast mitbekommen, wie der alte Bichler gestorben ist?«

»Ermittelst du?«

»Ja, wir haben bei ihm eine ungeklärte Todesursache. Könnte sich vielleicht um Körperverletzung mit Todesfolge handeln. Is aber nur so ein Verdacht.«

Maria Evita nickte.

»Also, ich weise dich jetzt formell darauf hin, dass du Zeugin in einem laufenden Verfahren bist und die Wahrheit sagen musst.« Aus seiner Umhängetasche zog er ein Blatt Papier und einen Kugelschreiber. »Würdest du bitte deine Personalien da reinschreiben? Ich hab ja keine Ahnung, wie du jetzt als Novizin offiziell heißt und wie eure Klosteradresse lautet.«

Maria Evita nahm das Papier an sich. Max reichte ihr als Schreibunterlage eine dünne Mappe, aus der er gerade den Vordruck gezogen hatte.

»Bist du mit einer Tonbandvernehmung einverstanden?«

Maria Evita sah von ihrem Blatt auf und nickte.

Max drückte auf den Aufnahmeknopf seines Diktiergeräts. »In Sachen Bichler, Altötting, haben wir nachfolgend eine Zeugenvernehmung. Augenzeugin Schwester Maria Evita vom Frauenkloster in Altötting. Persönlich bekannt. Ich weise dich auf die Wahrheitspflicht als Hauptzeugin in einem Strafverfahren hin. Wie hast du den Tod von Herrn Bichler erlebt?«

»Ich dachte mir zuerst, als er sich neben mich g'setzt hat, er sei betrunken. Ihm war schwindlig. Kurz bevor er umgekippt is, hat er auf ganz eigenartige Weise geröchelt.«

»Ist dir denn an den anderen Gottesdienstbesuchern etwas aufgefallen?«

»Nun ja, es war schon unruhig in der Kirche. Manche haben g'weint und sich die Augen g'rieben oder sind plötzlich aufgestanden. Ich hab das dann nicht mehr so mitbekommen. Als er auf einmal neben mir auf dem Boden lag, da hatte ich einen Schock.«

»War noch irgendwer dabei?«

»Ja, Monsignore Hirlinger. Der hat alles beobachtet und war sofort zur Stelle, um beim Herrn Bichler erste Hilfe zu leisten.«

»Wo ist er jetzt?«

»Keine Ahnung! Vorhin war er noch in der Stiftskirche.«

In diesem Moment wurde Maria Evita von hinten gestoßen. Mit unerwarteter Wucht fiel sie Max in die Arme. Ihre Wange klatschte an seine Schulter. Er wollte die Schwester auffangen, wurde aber selbst mit nach unten gerissen.

Wer sie angerempelt hatte, war nicht nachzuvollziehen. Wie aufgeschreckte Tauben stoben die Menschen auseinander und gaben den Blick auf zwei junge Männer am Boden frei, die die Ursache für den Tumult waren.

Der eine saß auf dem anderen und prügelte brutal auf dessen Kopf ein. »Du Missgeburt!«, brüllte er.

Der Unterlegene bekam die Fäuste des Angreifers zu fassen und hielt sie umklammert. Vor Anstrengung stand beiden der Schweiß auf der Stirn.

Ein Ruck, und beide lagen auf der Seite. Der, der gerade noch als Verlierer schien, war schnell obenauf. Sein ganzes Gewicht lastete nun auf dem bewegungsunfähigen Kontrahenten. Er schrie dem unter ihm Liegenden ins Gesicht: »Sei froh, dass er hin ist! Sei doch verdammt noch mal froh!«

Diesen Satz hatte Max deutlich mitbekommen. Dann war nichts mehr zu vernehmen außer einem dumpfen Keuchen.

Max' Rücken tat weh. Sie mussten einen seltsamen Anblick bieten. Was sich wohl die Umstehenden jetzt dachten? Eine junge Novizin im Habit lag eng umschlungen mit einem jungen Kriminaloberkommissar auf der Erde. Das letzte Mal, dass sie sich in einer ähnlichen Position befunden hatten, war ewig her. Und doch fühlte es sich vertraut an. Nein! Bloß nicht daran denken! Das war jetzt der vollkommen falsche Augenblick.

Max fand als Erster seine Sprache wieder.

»Alles in Ordnung?«

Maria Evita nickte. Er rappelte sich hoch, sammelte sein Diktiergerät ein, das ebenfalls zu Boden gegangen war, und half ihr auf die Beine. Um bei den zwei Streithähnen noch eingreifen zu können, kam er allerdings zu spät. Denn Joseph Hirlinger hatte den einen bereits an der Schulter gepackt und zerrte ihn energisch vom Geschehen weg. Der andere wurde währenddessen von zwei älteren Männern festgehalten, die ihn nach unten drückten.

»Auseinander!«, schrie der Monsignore. »Schämt euch! Dein Vater ist gerade erst von uns gegangen, Korbinian! Und du, Michi, solltest deiner Tante und deinen Cousins in dieser schweren Stunde eine Stütze sein! Ich verlange jetzt, dass ihr euch die Hand gebt!«

Keine Reaktion.

»Na wird's bald!«, brüllte der Monsignore.

Korbinian Bichler reichte seinem Cousin angewidert und schweigend die Hand.

Ein kurzes Klicken. Die Szene war für die Ewigkeit festgehalten. Mit dem Finger immer noch auf dem Auslöser ihrer Kamera stand in sicherer Entfernung eine junge Frau.

Sie hatte die ganze Sache bereits mitbekommen. Der Zufall hatte ihr in die Hand gespielt. Für Petra Meier konnte der Vorfall nun zu einer Sternstunde des Lokaljournalismus werden. Lächelnd drehte sie sich um.

Korbinian Bichlers Zorn war kurz davor, in ihr ein neues Opfer zu finden, doch Hirlinger kam ihm zuvor. »Du gehst jetzt heim!«

Der barsche Ton verfehlte seine Wirkung nicht. Ohne ein weiteres Wort von sich zu geben, machte Korbinian kehrt und schritt auf den elterlichen Gasthof zu. Wenn er jetzt noch länger hierblieb, konnte er für nichts mehr garantieren. Am Michi, diesem Bastard, würde er sich bei gegebener Zeit noch rächen!

Sein Cousin sah zu Boden. Vor Scham wäre er am liebsten darin versunken. All die Menschen, die ihn anstarrten! Eigentlich hatte er doch nur helfen wollen!

Durch die große Gruppe aufgeschreckter Pilger neugierig geworden, hatte Michi auf seinem Spaziergang über den Kapellplatz vor der Stiftskirche haltgemacht, um den Vorfall zu beobachten. Als er dann Franz und Korbinian sah, die stützend ihre Mutter aus der Kirche begleiteten, war er umgehend auf sie zugegangen und hatte die schreckliche Geschichte vom Tod seines Onkels erfahren.

Seine Tante wirkte merkwürdig abwesend, sagte aber: »So hat doch jeder seine Zeit, bis Gott einen holt« und streichelte ihm dann über die Wange. Michi wusste damit nichts anzufangen. Ein ungutes Gefühl kroch ihm über den Rücken, als er in die durchsichtig wirkenden Augen seiner Tante sah. Als sie dann sogar anfing, über sich selbst als »Werkzeug Gottes« zu sprechen, entschied sich Franz, seine Mutter schnellstens nach Hause zu bringen. Der Tod ihres Mannes hatte sie anscheinend zu sehr mitgenommen.

Korbinian machte keine Anstalten, seinen Bruder dabei zu unterstützen. Stattdessen bat er Michi um eine Zigarette. Einen Moment lang wollte Korbinian noch durchatmen und bei seinem Cousin bleiben, bloß nicht nach Hause. Die Verfassung, in der sich seine Mutter befand, machte ihn ratlos.

»Das mit ihrem Glauben wird immer schlimmer! Sie ist schon langsam eine echte Belastung für uns«, sagte er nach dem ersten Zug an seinem Glimmstängel.

Michi wusste, wovon er sprach. Korbinian tat ihm leid. Nun wollte er etwas Aufbauendes zu ihm sagen.

»Wenigstens ein Problem weniger!« Er lächelte zaghaft.

Sein Onkel war bei Gott kein einfacher Mensch gewesen. Das wusste die ganze Verwandtschaft. Niemand würde jemals vergessen, was er sich über die Jahre alles geleistet hatte und wie sehr seine Familie unter ihm litt.

Korbinian schluckte. So ein blöder Satz! Was wusste denn der Michi schon, wie es bei ihnen zu Hause aussah?! Dieses grinsende Gesicht seines Cousins war ihm in diesem Moment unerträglich. In ihm brodelte es. Durch die aufkeimende Wut war er nicht mehr Herr seiner selbst. Wie im Affekt ballte er die Faust und schlug Michi mitten ins Gesicht.

Der hatte mit so einer Reaktion keinesfalls gerechnet. Ja, die Umstände waren nicht alltäglich. Doch dass Korbinian, der selten ein gutes Wort über seinen Vater verlor, so außer sich geraten könnte, daran hatte er nicht im Entferntesten gedacht. Keine zwei Sekunden später hatten sie sich auch schon im Staub des Kapellplatzes gewälzt.

Max war inzwischen zu Hirlinger getreten. Er wollte gerade wieder zu seinem Diktiergerät greifen, als sich der Monsignore plötzlich an die Brust fasste und unvermittelt zusammenbrach.

»Notarzt!« Max' erschrockene Stimme hallte über den Kapellplatz.

Dr. Drengelmann und die beiden Sanitäter drängten sich durch die Schaulustigen.

»Die Rentner fallen heute ja um wie die Fliegen!« Das Arschloch begann Hirlingers Lebensfunktionen zu testen.

Maria Evita, die sich noch nicht ganz von dem Schreck vorhin erholt hatte, betrachtete starr dieses Bild. Das Unglück wollte anscheinend gar kein Ende nehmen.

Ein Leichenwagen bog auf den Platz ein. Zwei Männer im schwarzen Anzug stiegen aus. Aus dem Heck ihres Fahrzeugs zogen sie einen grauen Sarg und schoben ihn zu den drei Männern in Weiß, die sich über dem immer noch regungslosen Monsignore zu schaffen machten.

»Wir hätten den Sarg dabei.«

»Das ist der falsche Greis!«, herrschte das Arschloch die Totengräber an. Er fühlte deutlich den Puls, denn Hirlinger kam langsam wieder zu sich.

Das Erste, was dieser sah, waren der Sarg und die schwarzen Männer.

»Ich bin weder tot noch taub!«, schnaubte er.

»Wer hat Sie eigentlich gerufen?«, wollte Max wissen.

»Wir haben einen Anruf von der Schutzpolizei Altötting erhalten.« Die beiden schwarzen Anzüge schauten unschlüssig auf ihren Sarg.

»Kramer, Kripo Mühldorf! Wir haben einen Toten in der Stiftskirche, allerdings bin ich immer noch alleine, weil mein Kollege auf sich warten lässt. Ich habe hier die Ermittlungen aufgenommen und ...« Max stoppte mitten im Satz und versuchte erst mal seine Worte zu ordnen. Ihm wuchs die ganze Sache langsam über den Kopf.

Vor der versammelten Mannschaft hier durfte er das aber keinesfalls zugeben. Er hatte einen Toten, ein Arschloch namens Drengelmann, einen kollabierten Hirlinger, zwei Altöttinger Bekannte, die sich beinahe den Schädel eingeschlagen hätten, Maria Evita, vor der er gerne eine gute Figur gemacht hätte, zwei Männer von der örtlichen Trauerhilfe und zwei Grüne von der Schutzpolizei, die nicht daran dachten, ihn hier von sich aus zu unterstützen. Was machten die eigentlich mit dem Absperrband so lange? Und wo blieb der verdammte Kollege Fritz Fäustl? Max' Nerven waren deutlich angespannt. »Sie rühren sich jetzt bitte alle nicht vom Fleck!«

»Ähm, dürfte ich Sie darauf aufmerksam machen, dass ich diesen Herrn hier umgehend in die Klinik bringen muss?« Das Arschloch sah Max grinsend an.

»Mir geht es schon wieder ausgezeichnet!«, widersprach Hirlinger. »Ich muss nicht ins Krankenhaus. Ich hab mich nur so über die beiden Streithanseln geärgert, dass mir schlecht geworden ist!«

Michi stieg die Schamesröte ins Gesicht. »Tut mir wirklich leid, Monsignore, aber ...«

»Sie hatten einen Schwächeanfall, und wir fahren Sie jetzt in die Klinik!« Die Stimme des Arschlochs hatte einen ernsten Unterton bekommen.

»Bitte, wenn's sein muss!« Hirlinger wirkte beleidigt, ließ sich aber bereitwillig von den beiden Sanitätern auf die Bahre helfen.

Im Hintergrund war wieder dieses Klicken zu vernehmen. Petra Meier schoss ein weiteres Bild für ihren Artikel.

Max atmete tief durch. Nur nicht aufregen! Diese Situation verlangte nun seine volle Konzentration. Scheiß Pressefreiheit, gepaart mit einem dummen Zufall!

Wie Perlen an einer Schnur standen da jetzt die Sanitäter und das Arschloch, die den Hirlinger in den Krankenwagen hievten, die beiden Schwarzen mit dem Sarg, Michi und Maria Evita, die nicht wusste, was sie tun sollte. Klick, und das Gruppenfoto war fertig. Die journalistische Ausbeute war großartig.

Max drängte sich zurück in die Kirche zu den zwei Grünen von der Schutzpolizei und pfiff sie nach draußen. »Ich hab was zu tun für euch! Sofort! Schafft's mir bitte die Schaulustigen und die Meier von der Presse vom Portal weg. Die brauch ich jetzt echt nicht!«

Ein Absperrband trennte die leere Kirche in zwei Hälften. In der vorderen lag immer noch der alte Bichler auf dem Steinboden.

Plötzlich vibrierte es in Max' Hosentasche. Sein Handydisplay leuchtete auf, und der Name »Fritz Fäustl« blinkte ihm entgegen. »Du Lahmarsch! Wo bleibst'n du?«

»Das Gleiche könnt ich dich auch fragen! Ich renn jetzt schon zum zweiten Mal durch die ganze Kirche hier, und kein Kramer nirgendwo.«

»In welcher Kirche bist'n du, bitte?«

»Ja in der groß'n!«

Max drohte der Geduldsfaden zu reißen. »Groß sind die alle! Jetzt werd endlich konkreter!«

»Na, unten in dem riesigen Ding mit den Stufen zum Portal und dem Wappen über der mittleren Tür.«

»Du Depp bist in der Basilika. Du hast mir vorhin selber g'sagt, dass der Tote in der Stiftskirche liegt. Das is direkt am Kapellplatz.«

»Bei den tausend verschiedenen Kirchen kann man das als Mühldorfer scho' verwechseln. Außerdem bin ich evangelisch! Moment!« Fritz Fäustl legte auf.

Es konnte sich nun um nicht mehr als fünf Minuten handeln, dann sollte auch er sich am Tatort eingefunden haben. Selbst für einen Ortskundigen war das Kirchenlabyrinth Altöttings verwirrend, das wusste Max.

Mit dem Daumen auf der Tastatur suchte er die Nummer der Staatsanwaltschaft in seinem Adressbuch. Allergie oder irgendwelche Bakterien, ging es ihm durch den Kopf.

Dem Verdacht des Arschlochs musste nachgegangen werden. Für eine Obduktion brauchte er allerdings das Einverständnis der Staatsanwaltschaft. Das war das erste Mal in seiner Karriere, dass er deshalb diese Nummer wählte. Bei Brand und Sitte hatte er bisher nie um eine Obduktion nachgefragt. Das Procedere war ihm allerdings bekannt.

Während Max auf seinen Kollegen Fäustl wartete, sprach er etwas nervös mit der zuständigen Staatsanwältin. Sie gab ihm grünes Licht. Gut. Erster Punkt erledigt. Morgen konnte er also gleich in der Früh loslegen und sich ans Telefon hängen. Mit ein bisschen Glück stand einem Obduktionstermin in der Rechtsmedizin am gleichen Tag nicht mehr viel im Wege. Leider war jetzt am Sonntag dort niemand zu erreichen.

Die Männer mit dem Sarg durften nun endlich den alten Bichler einpacken und in das Leichenhaus Altötting schaffen. Zwischenmiete, sozusagen. Morgen dann ab nach München.

Inzwischen war es früher Abend geworden.

Maria Evita hatte dem Monsignore vor seinem Abtransport versprochen, Fräulein Schosi Bescheid zu geben, die ihm ein paar persönliche Dinge in die Klinik bringen sollte. Sie wartete mit dem Michi zwischen Gnadenkapelle und Stiftskirche auf Max, der gerade das Handy wieder in seiner Hosentasche verstaute und aus dem Kirchenportal trat. Die Grünen hatten ganze Arbeit geleistet und den Platz geräumt. Sogar die Pressetussi war verschwunden.

Da kam endlich der Fäustl quer über den Kapellplatz gejoggt. Er hatte eine gewisse Ähnlichkeit mit einem Kugelblitz. Jeans und Hemd spannten deutlich über seinem Bierbauch. Von der Anstrengung war das Gesicht ganz rot, und der Schweiß stürzte in Bächen von der Stirn. Sein Atem ging schwer. In Max' Kollegenkreis gab es deutlich fittere Vierzigjährige.

»Ich renn scho' seit einer geschlagenen halben Stunde zwischen den Kirchen hin und her. Und endlich find ich dich. Also klär mich kurz auf!« Er stützte sich an der geschnitzten Holztüre des Kircheneingangs ab und rang nach Luft.

Max brachte Fäustl auf den neuesten Stand und umriss kurz, worum es eigentlich ging.

Sein Kollege nickte ab und zu und presste zwischen

seinem Keuchen nach jedem zweiten Satz ein »Verstehe«
heraus.

Als Max fertig war, drückten ihm die beiden Grünen
ihre Aufzeichnungen in die Hand. Ein ganzes Bündel
Papier, auf dem hauptsächlich die Personalien der Pilger in der Stiftskirche standen.

»Frohes Schaffen, Kramer junior!«, sagte der Ältere
der beiden und klopfte Max auf die Schulter. Der lächelte gequält und überflog die Aufzeichnungen.

»Wir haben die zwei Hauptzeugen, Schwester Maria
Evita und Monsignore Hirlinger, der aber gerade nicht
vernehmungsfähig ist. In der Reihe des Toten saßen
noch drei Frauen von einer Oberpfälzer Pilgergruppe.
Zwei davon sind im Kreisklinikum und werden an den
Augen behandelt. Fritz, du fährst bitte dahin und
machst die ausfindig. Wenn die uns durch die Lappen
gehen und wieder in die Oberpfalz verschwinden, dau-
ert es ewig, bis wir von denen eine Aussage bekommen.
Laut den Grünen heißen die, Moment ... Stahl und Miller. Frag dich einfach durch.«

»Verstehe. Alles roger.«

»Ich red noch mal mit der Schwester und geh dann
zu den Bichlers in den Gasthof, die müssen ja wissen, ob
ihr Vater eine Allergie hatte oder ned. Den Cousin von
denen muss ich mir auch mal genauer vorknöpfen. Ich
kenn den noch von früher, aber nicht besonders gut.«

»Verstehe.«

»Also mach hin, Fritz.«

Fäustls Atem hatte sich so weit beruhigt, dass er die
Türe wieder loslassen konnte.

»Was is eigentlich mit der Staatsanwältin?«, fragte er
dann.

»Bereits erledigt. Wir hör'n uns.«

Fäustl legte wieder den Laufschritt ein, besann sich aber nach ein paar Metern eines Besseren und drosselte das Tempo. Max beobachtete ihn, bis er um die Ecke verschwunden war.

Maria Evita sah aus wie ein Häufchen Elend. Ihre Gesichtsfarbe war gelblich bleich, kein bisschen rosig wie sonst, und ihre Mundwinkel hingen nach unten. Es war ein anstrengender Tag gewesen. Sie stellte sich bereits mental auf den Weg zu Fräulein Schosi ein. Der Gang nach Canossa stand ihr als Tagesabschluss noch bevor.

Michi wartete schweigend neben ihr und rauchte eine Zigarette.

»Brauchst du mich heute noch?« Maria Evita fröstelte leicht, als Max dazutrat.

»Nein, ich meld mich morgen bei dir, wegen des Schreibkrams. Und wenn du im Krankenhaus vorbeischau'n solltest, dann bestell bitte gute Besserung und an schönen Gruß!«

Sie dachte an den armen Monsignore. Ja, sie musste noch ins Krankenhaus. Es war ihr egal, ob mit oder ohne Fräulein Schosi.

Max wandte sich an Michi. »Was war'n des vorher?«

»Scheiße war's! Und dumm noch dazu.«

»Was hast'n du damit g'meint? Mit dem ›Sei doch froh, dass er hin is‹?«

Michi zog an seiner Zigarette und ließ den Blick über die Dächer schweifen. »Nix! Aufbauen wollt ich ihn halt! Und dann hat er mir eine aufs Maul g'haut!«

»Einfach so?«

»Ja, einfach so!«

Max drückte leise auf den Aufnahmeknopf seines

Diktiergeräts in der Jackentasche. »Bloß wegen der Gaudi gibt man aber seinem Cousin keine mit. Oder ist des bei euch in der Familie so der Brauch?«

»Du hast ja keine Ahnung!«

»Deswegen frag ich dich ja.«

»Mei, ich wollt halt was Nettes sagen. So traurig is der Korbinian nämlich sicher ned, dass der Alte weiter is.«

»Wieso?«

»Der hat ihnen drüben im Gasthof doch nur Steine in den Weg gelegt. Nix haben's entscheiden dürfen. Und besonders nett war er nie zum Korbinian und zum Franz.«

Er machte eine Pause und sah Max ins Gesicht, so als ob der sich den Rest doch denken könnte. Da Max keinerlei Reaktion zeigte, fuhr Michi fort: »G'schlagen hat er sie halt früher.«

Das saß. Max hatte immer gerüchteweise von den Wutausbrüchen des alten Bichler gehört, aber wirklich daran geglaubt hatte er nie. Für ihn schien sich das eher um Altöttinger Tratsch zu handeln. Das Ganze nun aus dem Mund eines Familienmitglieds zu hören, also quasi von einem Betroffenen, veränderte das Bild völlig, das er von der Familie Bichler hatte.

»Watschen waren nix. Der Onkel hat immer glei' zum Gürtel gegriffen oder was sonst in seiner Nähe war.«

»Und seine Frau? Hat die des alles toleriert?«

»Die hat ihn geliebt. Fast vergöttert. Sie is ja beinah dreißig Jahr jünger wie er. Die hat nie was g'sagt. Wie sollte sie auch? Er war ja immer der große Bichlerwirt und sie nur die kleine angeheiratete Bauerntochter.«

»Und dein Verhältnis zu deinem Onkel?«

»Er war mir wurscht! Wie ich als Kind bei ihnen übernachtet hab, hat er immer den Schuh auf den Gang vo' de Schlafzimmer geschmissen. Dann waren wir ihm wieder mal zu laut. Ich bin ihm aus dem Weg gegangen. Mit so am alten Grantler willst doch nix zu tun haben.«

»Weißt du zufällig, ob dei' Onkel gegen irgendwas allergisch war?«

»Der und allergisch! Sicher ned. Rossnatur nennt man das, was der g'habt hat. Du, bei neunzig Jahren war der immer noch topfit. Hast ihn ja gekannt.«

Stimmt. Blöde Frage, dachte sich jetzt Max. Der alte Bichler hatte immer mit seiner Gesundheit geprahlt und damit, dass er nie einen Arzt bräuchte. Wenn einer keinerlei Allergien aufwies, dann gewiss der.

»Ich denke, das war's so weit von meiner Seite. Komm jetzt gut heim! Und fang ned glei' wieder an neuen Streit an!« Max verabschiedete sich von Michi, denn sie waren nach ein paar gemeinsamen Schritten vor dem Bichler'schen Gasthof angekommen.

»Ich muss noch zum Rest deiner Familie.« Max deutete auf die Eingangstür. Dieser große gelbe Kasten wirkte an diesem Spätnachmittag trostlos und wenig einladend. Normalerweise saßen Pilger und Touristen auf der vorgebauten Terrasse, doch nun herrschte unheimliche Stille.

Er bot Michi seine Hand an und verabschiedete sich. Michis Händedruck wirkte schwach und flüchtig. Max sah ihm kopfschüttelnd nach. Irgendwie keimte ein Gefühl auf, dass Michi etwas zu verbergen hatte. Die Sache war nicht rund. Zwar war ihr Gespräch durchaus offen verlaufen, aber Max hatte in den Augen seines Gegenübers eine Gefühlsregung bemerkt, die er nicht zu deuten vermochte. War es Angst? Oder Nervosität? Gut, was auch immer. Er würde ihn auf das Revier nach Mühldorf einbestellen, um ihm noch einmal auf den Zahn zu fühlen. Meist war es besser, Befragungen im nüchternen Polizeirevier abzuhalten als auf offener Straße. Die Schreibtischatmosphäre, bei der er klar der Chef war, brachte viele zum Reden.

Plötzlich wurde sein Gedankengang durch ein Quietschen unterbrochen. Es klang, als hätte jemand vergessen, ein Scharnier zu ölen, und langsam öffnete sich der Haupteingang des Bichler'schen Gasthofes. Max war erstaunt, denn die alte Frau Bichler selbst, in einem bodenlangen schwarzen Kleid, stand vor ihm im Türrahmen. Warum lag sie nicht im Bett und erholte sich von dem Schock in der Stiftskirche? Er konnte seinen Blick nicht von ihr wenden, denn ihr Gesicht wirkte glücklich und das Gewand ließ sie fast wie eine Nonne erscheinen.

»Ich habe Sie durch das Fenster der Gaststube bereits kommen sehen, Herr Kommissar! Oder darf ich dich immer noch Maxl nennen, so wie früher?«

Mit ihrer Hand wies sie nach drinnen und bat ihn herein.

»Ja, bitte, wie Sie möchten«, entgegnete Max geistesabwesend. Der Zustand, in dem er die frischgebackene Witwe vorfand, machte ihn fassungslos. Frau Bichler sprach ganz ruhig und freundlich, keine Spur von Trauer oder Schwäche in ihren Worten. Er zweifelte an seinen Augen. Wenn ihm jemand gesagt hätte, diese Frau habe vor etwas mehr als einer Stunde einen Zusammenbruch gehabt, weil ihr Mann unerwartet verstorben war, er hätte ihn für nicht ganz zurechnungsfähig erklärt. Ihr faltiges Gesicht war kreidebleich, aber auf den Lippen hatte sie ein seliges Lächeln, so als ob nichts gewesen wäre. Unheimlich, dachte sich Max.

Weihrauchgeruch waberte nach draußen. Aus den Lautsprechern in den Ecken der dunklen Gaststube erklang Schuberts »Ave Maria«. Die Stelle über »der Erde und der Luft Dämonen« war gerade dran und brannte sich in Max' Trommelfell. Unbehaglich folgte er der Bichlerwirtin bis an einen Tisch neben der Küche, auf dem drei brennende Kerzen standen. Ein Kruzifix hing in der Ecke. Darunter, im sogenannten Herrgottswinkel, verrauchten gelbe Klümpchen auf einem silbernen Untersetzer, der auf einem Stövchen mit brennendem Teelicht stand. Es stank! Bereits als Kind hatte er das ewige Weihräuchern in der Kirche verabscheut.

Die Bichler-Zwillinge, Korbinian und Franz, saßen am Tisch und begrüßten ihn schweigend mit einem Kopfnicken. Auf Korbinians Schläfe klebte ein Pflaster und bedeckte die Schramme, die er bei der Rauferei auf dem Kapellplatz davongetragen hatte.

Frau Bichler bedeutete Max, doch auf der Bank Platz zu nehmen, griff nach einem Rosenkranz, der auf der Tischplatte lag, und schlang die lange Perlenkette um ihre knochigen Finger. »Wir woll'n uns still dem Schicksal beugen«, summte sie leise zur passenden Stelle der Schubert-Aufnahme.

Max atmete ein und setzte an, etwas zu sagen, aber Frau Bichler legte ihren rechten Zeigefinger auf die Lippen und schloss die Augen. Korbinian und Franz hielten ihre Köpfe gesenkt, und niemand wagte ein Wort von sich zu geben, bis der Gesang verstummte. Die schweren Schwaden des Weihrauchs machten die Luft zum Schneiden dick.

Diese gespenstische Szenerie passte nicht in Max' Bild von der bodenständigen Bichler-Familie. Jeder ging mit dem Tod eines Nahestehenden anders um, vollkommen klar, doch die alte Bichler wirkte auf Max, als hätte sie den Verstand verloren. Eigenartig abwesend war ihr Blick, aber eben kein bisschen gelähmt von Trauer, sondern ... Max fand kein anderes Wort: glücklich!

Seine Augen wanderten von einem zum anderen. Die Zwillinge sahen einander eigentlich gar nicht ähnlich. Eigenartig, dass ihm das jetzt auffiel. Als sie noch Kinder waren, war es schwer für Außenstehende gewesen, sie nicht zu verwechseln, aber nun hatten sie sich deutlich verwachsen.

Frau Bichler stand immer noch neben dem Tisch, allerdings nun mit geöffneten Augen, die Max fixierten.

»Du magst doch sicher eine Brotzeit und ein Glas Wein, Maxl, gell?«

Brotzeit? Wein? Was sollte das, bitte? Keinesfalls war er hierher gekommen, um mit den Trauernden einen fröhlichen Leichenschmaus abzufeiern.

Die Bichlerwirtin wartete nicht auf seine Antwort, sondern verschwand in ihrer Küche.

»Die Mmmmmama spinnt!«, flüsterte ihm Franz stotternd von der Seite zu und wurde umgehend von Korbinian durch ein lautes Zischen in die Schranken gewiesen. Normalerweise konnte Franz seinen Sprachfehler gut verbergen, aber durch den Stress des Nachmittags trat er nun wieder deutlich in den Vordergrund.

»I... i... st doch wahr!«, setzte er hinzu. »Die Mama ist seit ein paar Jahren unglaublich in ihren Glauben abgetaucht, aber was sie hier seit einer Stunde veranstaltet, ist ...«, er schluckte, »... lächerlich!«

Es war düster, die Kerzen spendeten wenig Licht. Max konnte kaum etwas deutlich erkennen. Nur das

Kreuz, das in der Ecke zu schweben schien, blieb auch im Dunkeln deutlich sichtbar und dominierte den Raum. Ihm war das alles zu viel. Dieses riesige christliche Symbol, der gelbe Rauch und das »Ave-Maria«. Anscheinend zelebrierte die Bichler gerade ihre Privatmesse, und die Brotzeit, die sie gleich auftischen wollte, war das gemeinsame Abendmahl. Ihm brannte diese eine Frage auf den Nägeln: »Hat eure Mutter was eing'nommen?«

»Kräuterlikör aus dem Kloster, a... a... aber zu wenig, um besoffen zu sein, falls du das meinst«, kam es von Franz.

»Und Tabletten oder so was?«

»Ga... ganz bestimmt nicht! Max, unsere Eltern sind b... eide nicht besonders arztgläubig. Mama schwört nur auf Tees und so an Krampf!« Franz atmete schwer. Es bereitete ihm sichtlich große Probleme, flüssig zu sprechen.

Korbinian beobachtete den Kommissar misstrauisch aus den Augenwinkeln. Früher hatte er Max recht gut gekannt. Als sie Halbstarke waren, hatten sie sich sogar als Freunde bezeichnet. Doch dieser Mann am Tisch hatte für Korbinian nichts mehr mit dem Max von früher zu tun. Wie er so dasaß und sich nach dem Befinden ihrer Mutter erkundigte. So arrogant! Er fand es extrem unangenehm, den ermittelnden Kommissar hier sitzen zu haben.

»Max, heute ist es wirklich ungünstig, dass du da bist!«, unterbrach er das Gespräch.

Auf so eine Vorlage, um wieder verschwinden zu können, hatte Max nur gewartet. Das ließ er sich nicht zweimal sagen. Umgehend sprang er von der Bank auf.

»Völlig klar. Kein Thema! Nur bitte ich euch, mir eine Frage zu beantworten, die für meine Ermittlungen äußerst wichtig ist. Deswegen bin ich überhaupt rübergekommen.«

Die Bichler-Zwillinge zuckten mit den Schultern, so als ob sie sagen wollten: Bitte, nur raus damit.

»Hatte euer Vater mit irgendwelchen Allergien zu kämpfen?«

Verständnislos sah Korbinian zu Max auf: »Um Gottes willen, nein! Bis auf ein paar normale Alterswehwehchen fehlte ihm nix.«

Michis Aussage von vorhin war somit bestätigt. An eine allergische Reaktion wollte Max sowieso nicht recht glauben. Wobei glauben in seinem Beruf nicht angebracht war, er musste es hundertprozentig wissen. »Wer war denn sein Hausarzt?«

»G... gab es nicht«, kam von Franz. »D'Mama hat ihm bei seinen Beschwerden immer was aus der Klll... osterapotheke geholt.«

Typisch!, dachte sich Max. Also war der alte Bichler auch ein Anhänger der Klosterapotheke, wie so viele andere in Altötting. Die uralten Rezepte der Nonnen wurden hier mehr geschätzt als Ärzte. Sogar mancher Viehdoktor hatte bei den Bauern der Umgebung mehr Ansehen als die Schulmediziner.

Max streckte seine Hand aus, um sich zu verabschieden. Er wollte unbedingt den Gasthof verlassen haben, bevor die alte Bichler mit ihrer Brotzeit aus der Küche wiederkam. Morgen würde er sich bei den Bichlers nochmals melden, um offiziell ihre Aussagen zu protokollieren. Aber nun drängte es ihn nach draußen. Vom Weihrauchduft war ihm speiübel geworden.

Korbinian atmete erleichtert auf, als der Kommissar ihm endlich den Rücken zudrehte.

*

Wo war es? Hektisch durchwühlte Michi seine Nacht-tischschublade. Ganz sicher hatte er die Seiten hier deponiert. Ihm wurde heiß und kalt gleichzeitig. Sein Herz pochte bis zur Halsschlagader. Wenn er es verloren hatte, war alles aus! In seinem Reisepass unter den schwarzen Socken musste es liegen, aber seine Finger griffen ins Leere.

Die Schritte seiner Frau Andrea, die eben ins Schlaf-zimmer trat, nahm er nicht wahr. »Kann ich dir helfen?«, fragte sie trocken hinter ihm.

Michi fuhr erschrocken aus seiner gebückten Haltung auf. Andrea hielt triumphierend einen weißen Umschlag in der Hand. »Suchst du vielleicht das?«

Jegliche Farbe wich aus Michis Gesicht. »Woher hast du das?«

»Aus deiner Schublade. Falls ich es nicht hätte finden sollen, war es nicht besonders klug, den Umschlag zwischen deinen Socken zu platzieren.«

Michi war wütend auf sich selbst. Er hätte sich doch denken können, dass Andrea den Umschlag entdecken würde.

»Muss ein Testament nicht geschlossen aufbewahrt werden?« Sie ging auf Michi zu und drückte ihm den Umschlag in die Hand.

»Hast du es etwa gelesen?«

»Natürlich!«

»Wie lange weißt du schon davon?«

»Seit ein paar Wochen. Ich dachte, du würdest mich mit irgendeiner Schlampe bescheißen, da bin ich misstrauisch geworden und wollte endlich wissen, was in diesem Umschlag ist. Warum versteckst du das vor mir?«

»Weil es dich verdammt noch mal nichts angeht!«, brüllte Michi.

Andrea sprang auf. »So, das geht mich also nichts an?! Aber dass wir Schulden haben und du unser Geld sonst wo auf den Kopf haust, dass du es verhurst und versäufst, das geht mich schon was an, oder?«

Sie standen sich gegenüber. Andrea war bei jedem Satz bedrohlich näher auf ihn zugekommen. Unbändige Wut blitzte aus ihren Augen. Michi konnte diesem Blick nur mit Mühe standhalten.

»Jetzt sag endlich, warum ich davon nichts wissen soll! Oder ich schmeiß dich endgültig raus!«

Er konnte in Andreas Gesicht lesen, dass sie es ernst meinte. »Mein Onkel ist vorhin gestorben.«

Seine Frau schluckte und verschränkte die Arme.

»Bringt uns doch eh keinen Cent«, sagte sie leise. »Deine Tante und die Kirche werden sich jetzt ins Fäustchen lachen, wenn ich das Testament richtig verstanden habe. Schade für die Jungs! Dann kann so schnell wohl nichts aus einer Umgestaltung des Gasthofs werden«, fügte sie hinzu.

Michi sagte darauf nichts. Er wollte Andrea keinesfalls in sein Vorhaben einweihen. Schweigend schob er sie zur Seite und ging an ihr vorbei zur Tür.

»Warum hast du eigentlich das Testament deines Onkels?«, bohrte Andrea weiter. Als von Michi keinerlei Reaktion kam, wurde sie lauter: »Hey, ich red mit dir!

Wohin haust du schon wieder ab?« Ihre Stimme über-
schlug sich.

Michi drehte sich um.

»Ich geh saufen, wenn du es genau wissen willst!«,
schrie er seiner Frau entgegen und knallte die Schlaf-
zimmertüre zu.

V. Du sollst nicht morden.

Fräulein Schosi hechtete zu ihrem alten Golf. Die Tasche mit den Sachen des Monsignore warf sie auf die Rückbank. »Jetzt beeilen Sie sich halt, Schwester! Ich fahr uns zum Krankenhaus!«

Maria Evita war sich nicht sicher, ob sie in dieser Situation Fräulein Schosis Fahrkünsten so viel Gottvertrauen schenken sollte. »Vielleicht ist's besser, wenn ich fahr?!«

Fräulein Schosi saß jedoch bereits auf dem Fahrersitz und drehte den Zündschlüssel. Sie musste zu ihrem Monsignore. Der Arme lag im Krankenhaus und brauchte sie jetzt dringend. Vor ihrem inneren Auge sah sie ihn schon vor sich, bleich und ausgezehrt dahinsiechen. Überall an seinem Körper waren Schläuche befestigt. Oh Gott, ihr wurde fast übel, und sie wollte gar nicht weiter daran denken. Der arme Monsignore!

Maria Evita zögerte kurz, riss dann aber entschlossen die Beifahrertüre auf und sprang in das Auto. Keine Sekunde zu spät, denn Fräulein Schosi gab bereits Gas.

Das Geschoss raste durch die kleinen Straßen in Richtung Klinikum. Fräulein Schosi ignorierte sämtliche Vorfahrtsstraßen, und Maria Evita drückte mit der linken Hand den Rosenkranz in ihrer Tasche, während sie mit der rechten den Griff der Beifahrertüre umklammert hielt.

»Ich hab ihm immer wieder g'sagt, mit seinem Lebenswandel bringt er sich noch ins Grab!«, murmelte Fräulein Schosi.

»Grab« war ein Wort, an das Maria Evita eigentlich nicht gerade denken wollte. Jetzt war es aber schon mal in ihrem Kopf, und ihr Magen begann zu rebellieren. »Bitte fahren S' jetzt langsamer. Ich kotz Ihnen sonst hier rein.«

Der Wagen blieb abrupt am Straßenrand stehen. Bei laufendem Motor begann Fräulein Schosi ihre Handtasche zu durchwühlen.

»Da, trinken S' des!« Sie drückte Maria Evita ein kleines Fläschchen in die Hand. »Des hab ich aus Ihrer Klosterapotheke.«

»Magenbitter« stand auf dem selbstgeschriebenen Etikett.

»Jetzt trinken S' scho. Die Rezepte von eurer Schwester Pia helfen immer. Also ich schwör drauf!«

Fräulein Schosi war nicht bereit, den Wagen wieder in Bewegung zu setzen, bis Maria Evita die braune Flüssigkeit endlich im Mund hatte. Diskutieren hätte nichts gebracht, also schloss sie die Augen und setzte an.

»Na, geht doch! Werden S' sehn, gleich wird Ihnen besser.«

Besser. Wenn sie sich konzentrierte, dann könnte sie die Autofahrt bis zum nahenden Krankenhausparkplatz vielleicht durchstehen.

Maria Evita zog krampfhaft ihre Mundwinkel nach

oben und nickte. Fräulein Schosi stieg wieder auf das Pedal, und Maria Evita wurde in ihren Sitz gepresst.

Von wegen besser. Die Schosi-Rallye ging in die zweite Runde. Gas, Kupplung, Gangschaltung. 80 km/h in der Spielstraße beim Kindergarten. Maria Evita konnte gar nicht hinsehen. Der erlösende Parkplatz schien in unerreichbarer Ferne. Es begann sie zu würgen. Mist! Ablenken, sie musste sich ablenken.

»Highway to hell! I'm on the highway to hell …« Innerlich begann sie den Song von AC/DC zu summen. Als sie bei »No stop signs, speed limit. Nobody's gonna slow me down« angekommen war, öffnete sie ihre Augen und sah auf den Klinikeingang.

»Herrgott, ich danke dir.« Sie bekreuzigte sich.

»Jetzt kommen S' endlich, Schwester!« Fräulein Schosi stand schon an der Beifahrertüre, bereit abzuschließen.

Maria Evita stieg aus. Ihre Knie waren weich wie Butter. Noch einmal würde sie sicher nicht als Beifahrerin in diesen Golf steigen.

Fräulein Schosi hatte die Tasche für den Monsignore geschultert und spurtete voran. Die elektrische Schiebetür öffnete sich zu einer großen, hellen Eingangshalle mit Kiosk und Anmeldung.

Eine Dame im weißen Kittel saß vor ihrem Computer, beschützt von einem Glaskasten.

»Wir müssen zum Joseph Hirlinger!« Fräulein Schosi hievte die schwere Tasche in das Glasfenster.

»Jetzt ist aber keine Besuchszeit mehr!«, kam es irritiert von der Dame.

»Er is grade eingeliefert worden, und wir müssen ihm was bringen.« .

»Na gut. Aber bitte machen Sie schnell.« Die Dame tippte etwas in den Computer und notierte dann Namen und Zimmernummer auf einen kleinen Zettel.

Fräulein Schosi riss ihr das Blatt aus der Hand. Die Schrift war schwer zu entziffern. Diese Buchstaben und Zahlen sollten anscheinend die Station angeben. Hilfesuchend drehte sie sich noch mal zu der Computerdame um.

»Sie müssen nach rechts hinten. Erdgeschoss.« Sie hatte auch ohne Nachfrage verstanden.

Drei grüne Automatiktüren später standen sie vor dem Zimmer des Monsignore. Der Zettel wurde noch einmal mit dem Zahlengewirr neben der Tür abgeglichen. Das musste es tatsächlich sein. Die beiden Frauen klopften an und traten ein.

Joseph Hirlinger lag ruhig in seinem Bett und sah fern. Keine Schläuche oder sonstigen Monsterapparaturen. Trotzdem wirkte Fräulein Schosi nicht gerade erleichtert.

»Monsignore Joseph, was machen Sie bloß für Sachen? Keine halbe Stunde kann man Sie aus den Augen lassen!«

Sie stellte die mitgebrachte Tasche auf einen Stuhl vor dem Fenster.

»Geht es Ihnen schon besser?«, erkundigte sich Maria Evita.

»Ein kleiner Schwächeanfall, weiter nichts. Ich werde sicher bald entlassen.«

»Kommt ja gar nicht in Frage. Sie bleiben schön hier, bis die Ärzte Ihnen grünes Licht geben, sonst kippen Sie mir zu Hause ja gleich wieder um.«

Fräulein Schosi sah Joseph Hirlinger streng an und

schob seine Beine auf die Seite, um auf dem Krankenbett Platz zu nehmen. Das Bett stöhnte kurz auf, als die Schosiwucht auf ihm landete. »Solche Deppen aber auch.«

»Wen meinen Sie denn jetzt?« Der Monsignore sah ängstlich auf seine Zudecke. Er befürchtete, dass Fräulein Schosi durch ihr Gewicht die Stabilität des Bettgestells an ihre Grenzen brachte.

»Na, den Michi und den Korbinian!«

»Ich hab Fräulein Schosi erzählt, was auf dem Kapellplatz passiert ist«, warf Maria Evita erklärend ein.

»Alles sicher halb so wild! Pack schlägt sich, Pack verträgt sich.«

Auf dem Gang hörte man Geschirrklappern. Die Tür ging auf, und eine junge, vollbusige Krankenschwester brachte ein Tablett mit dem Abendessen. Sie stutzte, als sie den Raum betrat. »Sie wissen, dass die Besuchszeit längst vorbei ist?«

Fräulein Schosi musterte die Krankenschwester von oben bis unten. Deren weißer Anzug hatte doch eigentlich gar kein Dekolleté. Trotzdem hatte sie den Kragen ihrer Schwesterntracht so eingeschlagen, dass man den Busen blitzen sah.

Verächtlich blickte Fräulein Schosi die junge Frau an und legte los. »So, jetzt hör'n Sie mal zu ...«

Und was nun folgte, endete damit, dass die Krankenschwester das Zimmer unter Tränen wieder verließ.

Unter anderem hatte Fräulein Schosi sie darauf hingewiesen, dass allein aus Hygienegründen die Schwesterntracht hochgeschlossen zu tragen sei und sie sich ihren nuttigen Auftritt vor den Patienten sparen könne.

Maria Evita und Joseph Hirlinger waren sprachlos. Es herrschte angespanntes Schweigen.

»Na ja, des musste mal g'sagt werden!«, erklärte Fräulein Schosi, als sie die zwei vorwurfsvollen Gesichter sah. Dann machte sie sich daran, das Abendessen zu inspizieren. Brot, Landjäger, Schinken, Butter und eine Essiggurke waren auf dem Teller angerichtet. An der Seite standen ein kleines Kännchen Tee und eine leere Tasse. Für ihren Geschmack eine etwas zu deftige Mahlzeit.

»Wir sollten Sie dann wirklich nicht länger stören.« Maria Evita wollte gehen, um den Monsignore seine Brotzeit genießen zu lassen. »Guten Appetit!« Sie bemerkte ein kleines zufriedenes Grinsen in seinem Gesicht.

Joseph Hirlinger freute sich auf die Landjäger. Zu Hause kamen die ja nie auf den Tisch, da Fräulein Schosi sie für vollkommen unvereinbar mit der ayurvedischen Basislehre hielt.

Zu früh gefreut.

»Na, Sie werden doch ned dieses fette Zeug da essen woll'n? Moment! Des Problem mit dem Abendbrot hier, des hamma gleich.« Ihre Hände verschwanden in der mitgebrachten Tasche. Eine orangefarbene Thermosflasche mit einer weißen Verschlusskappe kam zum Vorschein. »Schauen S', die Currygemüseobstbrühe von heute Mittag! Ich hab scho' geahnt, dass die Ihnen hier nix Ordentliches geben werden.«

Mit einem triumphierenden Lächeln goss Fräulein Schosi die Suppe in die leere Teetasse auf dem Tablett und stellte sie dem Monsignore auf den Nachttisch. Die gelbe Brühe dampfte noch. Joseph Hirlingers Züge froren ein.

»Ich hab Ihnen einen ganzen Liter mitgebracht! Und für morgen lass ich mir was einfall'n. Wär ja gelacht, wenn wir das Problem mit dem schlechten Essen hier ned lösen könnten.«

Mit verschränkten Armen und gekräuselten Lippen saß der Monsignore in seinem Bett und warf Maria Evita einen hilfesuchenden Blick zu.

»Wir sollten nun gehen!«, sprang die ihm sofort zur Seite. »Es ist ja scho' echt spät.«

»Ja, wir lassen Sie jetzt besser allein. Ich komm dann morgen Vormittag wieder!«

Fräulein Schosi stand auf, und die Frauen wandten sich zum Gehen.

Innerlich entzündete der Monsignore gerade ein Feuerwerk, aber er hatte nicht mit Fräulein Schosis Entschlossenheit gerechnet, ihn kulinarisch zu retten.

Kurz vor der Zimmertüre drehte sie sich um und griff nach dem Tablett.

»Ich bring des der Schwester zurück! Kann ma' ja ned verkommen lassen.«

Hirlinger konnte erst wieder einen klaren Gedanken fassen, als sich die Türe hinter den beiden geschlossen hatte. Er ballte die Faust.

Als ein paar Minuten später die junge Krankenschwester wieder bei ihm hereinschaute, lag ein 50-Euro-Schein auf dem Tisch.

»Der ist für Sie! Und wenn die ungehaltene Frau von vorhin wieder auftaucht, dann brauche ich Ruhe oder habe gleich eine Untersuchung oder die Besuchszeit ist abgelaufen! Lassen Sie sich was einfallen, und setzen Sie sich konsequent durch! Wenn es sein muss, mit roher körperlicher Gewalt!«

Die junge Krankenschwester schob das Geld zwischen ihre Brüste. »Darauf können Sie sich verlassen!«

In seinem Innern bat Hirlinger Gott um Verständnis für sein Handeln.

*

Auf der anderen Seite des Krankenhauses suchte der Fäustl Fritz gerade verzweifelt nach einem Netz für sein Mobiltelefon. Fluchend rannte er durch die Gänge, bis er ein Fenster fand, an dem das Handy Empfang anzeigte.

»Max, also Folgendes: Mit den Ärzten konnte ich leider noch nicht sprechen, aber die Stahl und die Miller hab ich gefunden. Das sind die zwei, die mit dem Bichler in der Reihe saßen. Also die haben mir erzählt, dass sich alle Betroffenen heute Vormittag die Augen im Bruder-Konrad-Brunnen gewaschen haben. Hol dir umgehend eine Probe und lass das Wasser untersuchen.«

»Oh Mann, ich bin eigentlich schon wieder auf dem Weg ins Büro«, erwiderte Max. »Ja, okay … hast ja recht. Ich kehr um, aber dass des mit dem Tod vom Bichler zu tun hat, is eher unwahrscheinlich! Warum sollte der von seinem Gasthaus runter zum Brunnen gehen, um sich was in die Augen zu reiben, und dann im Gottesdienst an einer allergischen Reaktion kollabieren? Vielleicht war es ja doch nur Altersschwäche?«

»Keine Ahnung, du bist der Ermittler, der sich auskennt.«

»Außerdem haben mir seine Söhne noch mal versichert, dass ihr Vater gegen überhaupt gar nix allergisch war. Der war pumperlg'sund und hat nie einen Arzt aufgesucht. Ich mach des jetzt mit dem Wasser, und du wartest bitte, bis die Ärzte einen genauen Befund geben. Servus.«

Fäustl klappte sein Telefon zu. Also hieß es für ihn wieder im Wartezimmer der Notaufnahme Platz nehmen. Mit seinen Befragungen der Pilgergruppe war er eigentlich so weit fertig. Vielleicht fand er ja irgendwo eine Zeitung, bis die Ärzte mit den restlichen Oberpfälzer Wallfahrern zu einem Ende kamen.

*

Fräulein Schosi und Maria Evita hatten zu diesem Zeitpunkt das Krankenhaus bereits verlassen. Allen Vorsätzen zum Trotz war Maria Evita sogar wieder in den Golf gestiegen. Diesmal war die Autofahrt erträglich gewesen. Sie ließ sich an ihrer Klosterpforte absetzen, stieg aus und bedankte sich.

»Morgen werd ich dann bei der Schwester Pia vorbeischau'n. Bestell'n S' an schönen Gruß und sagen S', sie soll aus ihrer Kräutersammlung zur Stärkung für den Monsignore Joseph etwas herrichten.«

Maria Evita war skeptisch. Zwar hielt sie große Stücke auf das Können ihrer Mitschwester als Apothekerin, aber Hirlinger wollte sicher gerade keinen Kräutertee von Fräulein Schosi aufgezwungen bekommen.

Sie winkte dem alten Golf nach, bis er mit seiner Fahrerin um die Ecke verschwunden war, und überlegte. Vielleicht könnte Schwester Pia ja Fräulein Schosi einreden, dass Bier und Weißwürste für den Zustand des Monsignore des Beste wären. Ein Lächeln huschte ihr über die Lippen.

Glockengeläute verkündete in diesem Moment acht Uhr. Maria Evita wurde bewusst, dass sie fast den halben Tag unterwegs gewesen war. Nun überkam sie eine leichte Panik. Das Kloster wusste nicht, wo sie sich die ganze Zeit aufgehalten hatte. Ihr Ausflug würde sicher Konsequenzen nach sich ziehen. Nur bitte keine Vorwürfe jetzt!, dachte Maria Evita. Das wäre nach diesem Tag, an dem ein Unglück dem anderen die Hand reichte, einfach zu viel.

Vor Schwester Ignatia, die immer den Dienst an der Pforte versah, hatte sie keine Angst, aber das zu erwartende Donnerwetter der ehrwürdigen Mutter Oberin machte ihr zu schaffen. Warum hatte sie nicht angerufen? So neu war ihr das Klosterleben nun auch nicht, dass sie nicht wusste, dass sie durch ihr Verhalten einen schweren Fehler begangen hatte.

Mit einem mulmigen Gefühl drückte sie auf die Klingel. Niemand öffnete. Also versuchte sie es ein zweites Mal, aber auch diesmal blieb es hinter der Holztüre still. Neben dem Eingang lag ein kleines Fenster, an das sie nun zaghaft klopfte. Nachdem dieser Versuch ebenfalls erfolglos blieb, trommelte sie gegen die Fensterscheibe. Schwester Ignatia war doch nicht taub! Also pochte sie munter weiter. Einer musste doch irgendwann auf sie aufmerksam werden. Ihr Klopfen hatte inzwischen eine Lautstärke erreicht, die Tote hätte aufwecken können.

Plötzlich kam ein Räuspern seitlich vom Eingang. Maria Evita war so in ihr Tun versunken, dass sie nicht bemerkt hatte, wie inzwischen die Klosterpforte geöffnet worden war.

Erschrocken ließ sie ihre Hand sinken und wandte sich dem Eingang zu.

Jetzt wurde ihr schlagartig klar, warum sie so lange hatte warten müssen. Schwester Pia stand vor der Tür und blickte sie verständnislos an.

Ausgerechnet heute saß ihre schwerhörige Mitschwester hinter der Klosterpforte. Ohne eine Begrüßung gingen die beiden Frauen hinein. Umgehend verriegelte Schwester Pia wieder die Türe. Streng sah sie an Maria Evita herab.

»Das wurde aber auch Zeit!«, sagte sie vorwurfsvoll. »Wir haben uns schon ernsthaft Sorgen gemacht, wo Sie denn stecken. Die Mutter Oberin bittet Sie, sofort in ihr Büro zu kommen.«

Das hatte ihr jetzt gefehlt! Nun musste sie sich gleich heute Abend noch vor der ehrwürdigen Mutter für ihr Fernbleiben rechtfertigen.

»Wo ist denn Schwester Ignatia?«, fragte Maria Evita unsicher. Ihre Mitschwester hatte sich aber bereits umgedreht, um in den kleinen Raum neben der Pforte zurückzukehren. Also tippte Maria Evita ihr auf die Schulter.

»Wo ist denn Schwester Ignatia?«, wiederholte sie überdeutlich, als sich Schwester Pia wieder zu ihr umwandte.

»Krank. Ich hab ihr etwas aus meiner Apotheke gegeben und sie schlafen geschickt.« Schwester Pia verharrte in ihrer Pose. Nervös griff Maria Evita nach dem Rosenkranz in der Tasche ihres Habits. Die ernste Miene der Mitschwester war ihr äußerst unangenehm. Sie konnte diesem vorwurfsvollen Blick nur mit Mühe standhalten.

»Wir sind hier eine Gemeinschaft. Das heißt, wir leben gemeinsam! Es geht nicht, dass Sie sich egoistisch von uns entfernen.«

»Es tut mir wirklich von Herzen leid.«

Schwester Pias Blick wurde auf einmal fast mitleidsvoll. »Sie sind noch eine junge Novizin, ich weiß. Glauben Sie mir, dass ich Ihnen gerne helfen möchte, sich bei uns besser einzuleben.«

Schwester Pia reichte ihr die Hand. »Wenn Sie erneut das Bedürfnis verspüren sollten, Ihren eigenen Weg zu gehen, können Sie jederzeit zu mir kommen!«

Ihr Händedruck war unerwartet stark. Überrascht zog Maria Evita ihre eigene Hand reflexartig zurück.

»Was ist mit Ihnen?«

»Nichts. Heute war nur ein etwas anstrengender Tag für mich.«

»Soll ich Ihnen etwas aus meiner Sammlung holen? Zum Schlafen?«

Maria Evita schüttelte ihren Kopf. »Nein, danke! Alles in Ordnung.«

Aus der Ferne drang wieder ein Glockenton. Viertel nach acht.

»Sie sollten schleunigst zur ehrwürdigen Mutter gehen«, sagte Schwester Pia. »Vielleicht ziehen Sie sich danach gleich in Ihre Zelle zur Andacht zurück.«

Maria Evita nickte und sah ihre Mitschwester im Raum neben der Pforte verschwinden.

Der Gang in das Büro der Vorsteherin im zweiten Stock war ihr schon leichter gefallen. Schweren Herzens schlich sie die Treppenstufen hinauf. Das Knarzen, das jeder ihrer Schritte auslöste, klang wie ein verhaltener musikalischer Rhythmus. »Highway to hell ...« Nein! Warum schickte ihr Unterbewusstsein gerade wieder einen rockigen Jugenderinnerungsfetzen an ihr Ohr? Wenn sie nervös wurde, kamen immer wieder vollkommen sinnlose musikalische Flashbacks, die ihr Hirn folterten. Für einen kurzen Moment hielt sie inne. »Hör auf!« Tatsächlich gelang es ihr diesmal, die Melodie zu unterdrücken. Normalerweise ging das nicht so leicht. Sie war erstaunt.

Oben angekommen, klopfte sie vorsichtig an die Tür.

»Herein!«, schallte eine tiefe Frauenstimme von drinnen.

Maria Evita trat mit hängendem Kopf ein.

Die ehrwürdige Mutter, eine streng aussehende Frau von ungefähr 60 Jahren, saß hinter ihrem großen Eichenholzschreibtisch und blätterte in einem Aktenordner.

»Schwester Maria Evita!« Die Stimme der Mutter Oberin klang zwar erleichtert, aber ein anklagender Unterton war nicht zu leugnen. »Sie sind weder zum gemeinsamen Mittagessen noch zum Abendessen noch zur Andacht erschienen. Ihre Jugend mag für dieses Verhalten Entschuldigung sein, trotzdem bitte ich um Erklärung!«

Jetzt brach es aus Maria Evita heraus. Die Sache in der Stiftskirche, der Schwächeanfall von Hirlinger, die Autofahrt mit Fräulein Schosi – Maria Evita ließ nicht das geringste Detail aus. Tränen begleiteten ihr Geständnis.

Die ehrwürdige Mutter stand auf und nahm sie in den Arm. »Liebes Kind! Gehen Sie in Ihr Zimmer, und versuchen Sie etwas Ruhe zu finden. Das klingt alles schrecklich und war sicher ein bisschen viel für einen Tag. Wir unterhalten uns morgen weiter.«

Maria wischte sich die Tränen aus dem Gesicht. Ja, schlafen, das war jetzt wohl das Beste. Eine unglaubliche Erleichterung machte sich in ihr breit, weil die Mutter Oberin sie umarmt und keine ihrer gefürchteten Predigten gehalten hatte.

Ihr Herz klopfte immer noch bis zum Hals, als sie

das Büro wieder verließ. Aber allein in ihrer Zelle würde sie schnell zur Ruhe kommen. Das war gewiss.

Durch die Fenster im Gang fiel das letzte Licht des Tages. Die Sonne war schon hinter dem Horizont verschwunden, und nur der Schimmer des roten Himmels erleuchtete das alte Kloster. Einsam lauschte Maria dem Klang ihrer Schritte auf dem steinernen Boden.

Im Gegensatz zu draußen, wo immer noch die sommerliche Hitze stand, war es in ihrem Zimmer angenehm kühl. Sie kniete sich an ihre Fensterbank und faltete die Hände.

»Gegrüßet seist du, Maria, voll der Gnade ...«

Während des Gebets ließ Maria Evita noch einmal den gesamten Tag Revue passieren. Immer wieder tauchte Max' Gesicht in ihrer Andacht auf und führte sie zurück in die gemeinsame Vergangenheit.

Maria Evita tat es leid, dass sie der Heiligen Jungfrau gerade nicht die geschuldete Aufmerksamkeit schenken konnte. In ihrer Gefühlslage machte es einfach keinen Sinn zu beten, denn die Bilder in ihrem Kopf waren eine zu große Ablenkung.

»Amen. Heilige Mutter, verzeih! Ich muss nachdenken«, beendete sie die kurze Andacht.

Müde zog sie ihren Habit aus und legte ihn zur Seite. Gähnend sah sie aus dem Fenster. Eine sternklare Nacht kündigte sich an. Sie drehte sich zu dem kleinen Schrank neben ihrem Bett, um nach einem ihrer alten Schlaf-T-Shirts zu greifen. Ihr war noch nie gelungen, in dem Nachthemd, das sie vom Kloster gestellt bekam, zu schlafen. Viel zu starr und warm, vor allem im Sommer.

Heute entschied sie sich für ein giftgrünes Shirt mit Homer-Simpson-Aufdruck. Aus Homers Mund ragte eine kleine Sprechblase: »Duff!« Max hatte es ihr einmal im Urlaub geschenkt. Zehn Jahre war das her. Fast wie aus einem anderen Leben kam ihr das jetzt vor.

Sie legte sich auf ihr Bett und starrte an die Decke. Max war wieder da. Glasklar lagen Maria Evitas Erinnerungen an die Zeit mit ihm vor ihr. Er hatte damals die Beziehung beendet, weil er das planlose, exzessive Partyleben nicht mehr ertragen konnte, das sie gemeinsam nach dem Abitur begonnen hatten, ohne Perspektive, ohne Plan für die Zukunft. Maria Evitas ausgeprägten »Selbstzerstörungstrieb« wollte und konnte er nach einem guten halben Jahr nicht mehr mittragen. Er ging neben ihr ein wie eine Pflanze.

Gleichzeitig wuchsen seine persönlichen Probleme, wie die permanenten Auseinandersetzungen mit seinem Vater, von Tag zu Tag. Er hatte niemanden, bei dem er sich ausweinen konnte, und Maria Evita war ihm während dieser Zeit nichts als ein Klotz am Bein, unterwegs von einer Party zur nächsten, von einem Absturz zum anderen. Der einfachste Ausweg für ihn war, alle Zelte ohne Vorwarnung abzubrechen. Plötzlich war er weg. München sein Ziel. Nicht einmal mit seiner Mutter hielt er mehr Kontakt.

Maria Evita hatte sein plötzliches Verschwinden den Boden unter den Füßen geraubt. Er war es doch gewesen, der ihr immer wieder Halt gegeben hatte. Und nun hatte sie ihren Anker unerwartet verloren, so wie damals ihre Eltern. Ein Geisterfahrer hatte auf der Autobahn ihrem Leben ein plötzliches Ende gesetzt und Maria Evita mit 15 zur Vollwaise gemacht. Ihre Tante Traudl mühte sich nach Kräften, konnte aber die heile Kinderwelt für sie nicht ganz ersetzen.

Sie war dann immer stärker abgerutscht. Hatte niemanden mehr, an den sie sich klammern konnte. Und als sie dann ganz unten angekommen war, begegnete ihr Gott. Nach einer Überdosis landete sie mit 28 endgültig auf der Intensivstation des Kreisklinikums. Dass sie überhaupt überlebt hatte, war ein medizinisches Wunder. Kurz bevor sie das Licht am Ende des Tunnels erreicht hatte, katapultierte sie eine Stimme aus dem Jenseits zurück auf die Erde. »Du bist noch nicht bereit dafür!« Dieser Stimme widersprach man nicht. Als sie aufwachte, stand ihr Entschluss fest. Der Eintritt ins Nonnenkloster war die beste Entscheidung ihres Lebens gewesen!

Ein plötzliches, dumpfes Poltern ließ sie aufschrecken. Was war denn das?

»Sacklzement!«

Schon wieder. Ihr war, als ob irgendwo in dem Teil des Klosters, in dem sich ihre Zelle befand, Möbel zertrümmert wurden. Sie hielt ihr Ohr an die Tür. Das Geräusch wurde lauter und dann wieder leiser, wie eine Wellenbewegung.

Maria Evita trat auf den Gang. Niemand sonst schien davon Notiz zu nehmen, denn sie war ganz allein.

Nun gut, neben ihr wohnte nur Schwester Pia, und die war schwerhörig und saß vermutlich immer noch an der Pforte. Aber irgendwer musste dieses penetrante Stühlerücken und Möbelquietschen doch noch mitbekommen.

Sie versuchte die Quelle zu identifizieren. Fuß für Fuß näherte sie sich dem seltsamen Lärm.

Plötzlich fuhr ihr ein menschlicher Schrei in alle Glieder.

Der war allerdings von draußen oder oben gekommen. Nun herrschte Stille. So ganz war sie sich über die Richtung nicht klar. Vielleicht doch aus dem Garten?! Maria wagte nicht, sich zu bewegen, der Schreck lähmte ihr die Beine.

Dieser Schrei hatte so gequält, so jämmerlich geklungen. Er musste eine furchtbare Ursache gehabt haben, da war sie sich sicher. Aber es gab jetzt keine Zeit für lange Überlegungen.

Bereits im nächsten Augenblick raste sie über die Treppe ins Erdgeschoss hinab und zum seitlichen Notausgang des Traktes.

Ihre Hände drückten fest die Klinke.

Im Garten war es ruhig und finster. Nichts.

Hatte sie sich das alles etwa nur eingebildet? Sie begann ernsthaft, an ihrem Verstand zu zweifeln. Doch da war etwas!

Maria Evitas Augen schweiften durch den Klostergarten und blieben an einem dunklen Etwas auf dem Pflaster unweit des Gebäudes haften. Sie schob einen kleinen Holzkeil, der am Boden bereitlag, unter die Türe, damit diese nicht zufallen konnte, und traute sich sodann in die frühe Nacht hinaus.

Was konnte das nur sein?

Sie erstarrte. Vor ihr lag ein menschlicher Körper in einer Lache von Blut.

*

Bis auf den Nachtdienst vorne in der Zentrale war Max allein. Tonband und Formblätter hatte er bereits hergerichtet, sie würde er am nächsten Morgen im Schreibbüro abgeben. Aber da er nun schon mal in der Polizeistation saß, wollte Max die Zeit nutzen und in seinem Computer einen Blick auf die Vorgänge der letzten Woche werfen. Während der Computer ungewöhnlich mehr Zeit als sonst brauchte, das Passwort zu akzeptieren, erinnerte Max sich an seinen Besuch im Bichler'schen Gasthof. Die alte Frau war immer so nett zu allen Kindern der Nachbarschaft gewesen. Fürsorglich, jederzeit bereit zu helfen. Nun hatte sie den Verstand verloren. Ungerecht. Max stützte seinen Kopf in die Handfläche und ließ seinen Blick zur Decke wandern. Er oder sie, oder was auch immer da oben, war nicht fair in seiner Auswahl.

Als Max' Finger die Computertastatur berühren wollten, ertönte ein kurzes Pfeifen aus seinem Handy: eine SMS.

»Wasser ist im Labor. Müde. Das nächste Mal hat es bitte bis Dienstbeginn Zeit ;)!!!«

83 Zeichen, gesendet vom Toni Staudt, dem Kopf der Spurensicherung. Als er ihn vorhin wegen des Bruder-Konrad-Brunnenwassers verständigt hatte, hatte er alles andere als Begeisterungsstürme bei ihm geweckt. Die Spusi arbeitete nur von Montag bis Freitag. An freien Tagen oder am Feierabend zu stören und das Wort »dringend« zu benutzen kostete Minimum ein Bier. Apropos Feierabend: Genau den wollte Max jetzt eigentlich auch haben. Der Gedanke an sein Bett war verführerisch. Kurz entschlossen fuhr er den Rechner wieder runter, hängte sich seine Tasche um und griff zum Schlüsselbund auf der Schreibtischplatte. Er hatte für heute keine Lust mehr.

Nachdem er sein Büro abgeschlossen hatte, schritt er durch den leeren Flur der Polizeistation Richtung Ausgang. Der Kollege am Empfang nickte ihm schweigend ein neidisches »Servus« zu. Nachtdienst mochte keiner.

Max erwiderte den Gruß mit einer Geste. Er war so müde, dass er sich keinesfalls mehr auf ein Gespräch einlassen wollte. Doch plötzlich blieb er stehen und lauschte. Der »Bayerische Defiliermarsch« dudelte in seiner Jackentasche. Sein Kollege zuckte schadenfroh mit den Schultern und grinste: »Tja, Pech gehabt. Wird wohl nix mit Feierabend.«

Max drückte auf den Annahmeknopf. »Ja, Kramer.«

Am anderen Ende räusperte sich eine tiefe Frauenstimme. »Ich habe Ihre Nummer von Schwester Maria Evita. Herr Kommissar, hier ist die Mutter Oberin aus Altötting.«

Max horchte auf. Eigentlich hatte er mit dem Spusi-Toni gerechnet, der seiner Textmitteilung noch etwas hinzufügen wollte.

»Ich fürchte ...«, fuhr die ehrwürdige Mutter fort, »wir brauchen Sie hier im Kloster. Wir sind uns nicht sicher, wen wir sonst anrufen sollen.«

Max lehnte sich an den Empfangstresen. »Worum geht es denn?«

Im Hintergrund glaubte er Maria Evitas Stimme zu vernehmen, die etwas Unverständliches murmelte. Die ehrwürdige Mutter seufzte: »Die alte Frau Bichler liegt tot in unserem Klostergarten!«

Max' Müdigkeit war von einer Sekunde zur nächsten aus seinem Körper verschwunden. »Die alte Frau Bichler? Haben Sie den Notarzt schon alarmiert?«

»Nein ... ähm ... nein. Maria Evita, haben Sie den Notarzt angerufen?« Pause. Die Oberin atmete plötzlich schwer.

»Geben Sie mir zehn Minuten. Ich erledige alles«, rief Max in sein Telefon.

Der Kollege am Empfang hatte aufmerksam zugehört. Max drehte sich zu ihm: »Notarzt sofort zum Nonnenkloster nach Altötting. Todesfall. Verständige bitte auch die örtlichen Grünen. Den Chef und Fritz ruf ich selber an!«

Auf dem Weg über den Parkplatz zu seinem Wagen wählte er die Nummer vom Fäustl.

Nach dreimaligem Klingeln ging er ran: »Kramer! Einfach nein! Ich wollte gerade ins Bett!«

»Jetzt nicht. Nonnenkloster Altötting. Du hast zehn Minuten.«

»Erst Stiftskirche, jetzt Nonnenkloster. Is alles schon a bissal katholisch heute, gell?!«

»Fritz, pack dein Zeug und schwing deinen Hintern da hin! Ich bin selber noch nicht dort. Angeblich liegt die Bichlerwitwe tot im Klostergarten. Und bitte verlauf dich nicht wieder.« Max legte auf.

*

Als er eine Viertelstunde später in Altötting seinen Wagen abstellte, waren Fäustl und der Notarzt tatsächlich schon vor Ort. Ein Rettungswagen mit Blaulicht parkte seitlich an der gelb-weißen Klosterfassade.

Maria Evita wartete an der hölzernen Klosterpforte und nahm Max und seinen Kollegen in Empfang. »Ich hab die Bichler gefunden.« Sie wies beiden den Weg nach hinten durch das barocke Gebäude bis zum Garten. »Erst waren da komische Geräusche, dann ein Schrei, und wie ich nach unten komme, liegt sie da.«

In den meisten Räumen brannte nun Licht und erhellte so die Gebäuderückseite und einen Teil des Gartens. Pflaster und Buchsbaumreihen hielten sich die Waage in schöner Regelmäßigkeit. Die Gartenfront war in eintönigem Grau gehalten. Von der barocken Pracht der Vorderseite war hier nicht viel übriggeblieben. Der Körper der alten Frau Bichler lag regungslos vor ihnen, spärlich beleuchtet von ein paar Lichtstrahlen. Daneben, mit der Todesbescheinigung bereits in der Hand, das Arschloch von heute Nachmittag.

Dr. Drengelmann drückte Max zur Begrüßung das Schriftstück in die Hand. »Sturz. Sofort hin!«

»Drengelmann, Sie haben auch nie frei, oder?« Max besah sich das Papier.

»Vierundzwanzig Stunden Dienst. Endet erst in der Früh. Ich hab übrigens, wie es sich gehört, ›nicht natürlich‹ als Todesursache angekreuzt. Das mit dem Sturz muss zur absoluten Gewissheit durch eine Obduktion geklärt werden.«

Max' Blick blieb abschätzig am Arschloch hängen: »Das zu beurteilen überlassen Sie bitte mal schön uns!« Natürlich musste obduziert werden, aber die Klugscheißerei von diesem Arschloch ging ihm gerade wirklich auf die Nerven.

Er sah nach oben zu den Fenstern. Tatsächlich war im zweiten Stock eines davon geöffnet.

Fäustl wandte sich an Maria Evita: »Welcher Raum ist denn hinter dem geöffneten Fenster da oben, Schwester?«

»Das müsste die Klosterapotheke sein.«

»Is so was nicht immer im Keller?!«

»Dort haben wir auch noch eine, aber unsere Apothekerin Schwester Pia kann sich von nichts trennen und benutzt inzwischen auch den Raum da oben.«

»Wir gehen rauf, oder?« Fäustls Hand deutete auf den Eingang.

Max drehte sich wieder dem Arschloch zu. »Bitte verändern Sie nichts, und passen Sie auf die Leiche auf, bis die Kollegen der Polizeiinspektion Altötting eintreffen. Die müssen das Ganze mit uns noch sichern und fotografieren, dann können Sie gerne wieder fahren.«

Dr. Drengelmann verschränkte die Arme. »Ich muss zurück in die Klinik! Hier gibt es aus ärztlicher Sicht nichts mehr zu tun.«

»Na gut. Fritz, wartest du bitte hier auf die Grünen und schaust, dass sich nichts verändert? Ich geh derweil mit Maria Evita nach oben. Vielen Dank, Doktor Drengelmann, für Ihre Kooperation!«

Max verließ grußlos den Klostergarten und ging mit Maria Evita ins Klosterinnere.

»Der Arzttyp geht mir schon seit heute Nachmittag so was von auf die Eier«, flüsterte er ihr zu, als sie die Treppe erreicht hatten.

Kurz bevor sie den zweiten Stock betraten, sahen sie die Mutter Oberin auf dem Gang stehen, die von einer kleinen Gruppe Nonnen umringt wurde und beruhigend auf ihre Mitschwestern einredete. Als sie Max und Maria Evita erblickte, ließ sie umgehend ihren Arm nach vorne schnellen. »Kommissar Kramer?! Wir haben telefoniert.«

Max drückte die ihm dargebotene Hand.

Maria Evita deutete auf eine Tür unweit des Treppenaufgangs: »Das ist die Apotheke.«

Max bat die ehrwürdige Mutter beiseitezutreten und

öffnete, wobei er seinen Ärmel über die Hand zog. Er durfte hier keine Fingerabdrücke hinterlassen oder Spuren vernichten. Sonst würde ihm der Toni von der Spusi die Hölle heißmachen.

Der Raum war ein einziges Chaos. Er wagte einen Schritt hinein. »Hat hier ein Kampf stattgefunden?«

»Nein, hier schaut's immer so aus«, erwiderte Maria Evita hinter ihm.

Verständnislos schüttelte er seinen Kopf: »Im Ernst?«

»Ja, echt!«

Die Oberin, die die Nonnen in ihre Zellen verabschiedet hatte, postierte sich im Türrahmen. Ihre Worte zielten auf Max' Rücken. »Unsere Schwester Pia hat es nicht so mit der Ordnung«, sagte sie entschuldigend.

Durch das offene Fenster hörte Max die Stimmen der Grünen heraufschallen, die gerade angekommen waren, dann die vom Fäustl: »Wir gehen davon aus, dass sie durch das geöffnete Fenster da oben gestürzt ist.«

Max brüllte über das Chaos hinweg und hoffte, dass sie ihn im Klostergarten hören würden: »Fritz! Lass die Leut mal unten und komm bitte rauf.«

Tatsächlich vernahm er umgehend ein »Okay!«.

Max und seine beiden Begleiterinnen verließen den Raum wieder. Draußen hallte ein Knarzen von der Treppe her durch den Gang, das immer lauter wurde. Fäustl kam keuchend zu ihnen heraufgestapft.

»Fritz, ich denke, aus dem Raum ist sie raus.«

Der Fäustl riskierte einen Blick in das Apothekenchaos. Dann trat er ein und ging auf Zehenspitzen durch das ganze Gerümpel bis zum Fenster. »Ja! So wie die unten daliegt, muss sie von hier gestürzt sein. Selbstmord oder Fremdverschulden? Was glaubst, Kramer?«

»Ihr Mann ist heute Nachmittag verstorben. So wie ich sie danach kennengelernt habe, tippe ich arg auf Suizid.«

»Schon möglich!«, nickte der Fäustl.

Die Oberin sah zu Boden: »Herr, sei ihrer Seele gnädig!«

»Wer hat sie reingelassen?« Max' Frage ging an die ehrwürdige Mutter.

»Niemand! Schwester Pia saß an der Pforte und schwört Stein und Bein, dass sie nicht an ihr vorbei ist. Auch sonst versichern mir alle Schwestern, dass keine irgendeine Tür geöffnet hat.«

»Haben Sie eine Ahnung, wie Frau Bichler dann ins Kloster gekommen sein könnte? Gibt's hier einen ungesicherten Eingang oder so was?«

Die ehrwürdige Mutter schüttelte fest den Kopf: »Nein!«

»Aha, dann ...« Max biss sich auf die Zunge und überlegte, während er Fäustl ins Visier nahm: »Fritz, du musst mit den Grünen sofort einmal ums Gebäude rum und nach Einbruchspuren suchen.«

Fäustl verdrehte die Augen. »Max! Ich würde lieber hier oben anfangen, dann in den Garten und dann einmal ums Kloster rum. Allerdings ist das etwas viel für heute Nacht!«

»Weißt was? Du versiegelst jetzt den Raum hier. Morgen soll des die Spusi machen. Is eh besser bei Tageslicht. Ich geh in den Garten, und du rennst mit den Grünen ums Gebäude.«

Klare Anweisungen. Doch Fritz zögerte: »Max, ich hab in der Eile meinen Koffer im Auto gelassen. Hast du zufällig ein Siegel dabei?«

Genervt zog Max aus seiner Umhängetasche einen Kugelschreiber und etwas, das wie ein länglicher Aufkleber aussah.

»Siegeln kannst aber noch selber?«

Fäustl nahm beides an sich und drehte sich zur Apothekentüre.

Max hakte nun in seinem Kopf alle Punkte ab, die er noch zu erledigen hatte: Klostergarten begehen, polizeiliche Leichenschau durchführen, Totengräber anrufen, Staatsanwältin von einer weiteren Obduktion in Kenntnis setzen und dann die Todesnachricht an die Bichlerbrüder überbringen. Das würde noch unangenehm werden. Oder den Fäustl bitten, dass er es ihm abnahm.

»Zefix noch einmal!«

Max sah zum Fäustl hinunter, der inzwischen fluchend vor der geschlossenen Türe kniete und sich vergeblich abmühte, das polizeiliche Siegel über das Schloss zu kleben.

»Hast du noch eines dabei? Der Mist hält nicht!«

Max griff wieder in seine Umhängetasche. »Dass dieses Glump auch nie pappen will! Warum kauft die Verwaltung eigentlich immer wieder so ein billiges Graffel?!«

Etwas fassungslos beobachtete die ehrwürdige Mutter die zwei fluchenden Kriminaler. Kopfschüttelnd legte sie Maria Evita ihre Hand auf die Schulter und sagte: »Wir ziehen uns jetzt besser zurück.«

Max und Fäustl nuschelten daraufhin ein »Gute Nacht!«.

VI. Du sollst nicht ehebrechen.

Die gute Nacht sollte allerdings ausbleiben. Für Max war sie kurz und gelinde gesagt: beschissen! Nachdem er in den frühen Morgenstunden Franz und Korbinian vom Tod ihrer Mutter in Kenntnis gesetzt hatte und endlich in seiner Wohnung in Mühldorf ankam, wollte sein Hirn ihm einfach keinen Schlaf gönnen. Zu sehr war er damit beschäftigt, den vergangenen Tag Revue passieren zu lassen.

Um 7.00 Uhr riss ihn bereits sein Radiowecker wieder aus dem Tiefschlaf, den er sich so früh gestellt hatte, damit er als Erster in der Münchner Rechtsmedizin anrufen konnte. Er wollte für die Bichler-Leichen unbedingt die frühestmöglichen Obduktionstermine des Tages ergattern: 13.00 und eine halbe Stunde später.

Nach Kaffee und Dusche griff er um kurz vor acht in seiner Küche zum Telefon. Anrufbeantworter. Ungeduldig goss er sich eine zweite Tasse ein. Zwischen seinen Augenbrauen spürte er ein dumpfes Drücken, und es fühlte sich an, als wäre sein gesamter Kopf in Watte gepackt. Definitiv zu wenig Schlaf!

Die kleine Digitaluhr am Herd sprang von 7.59 Uhr

auf genau 8.00 Uhr. Umgehend setzte er die Wahlwiederholung in Gang.

Es klingelte. Einmal, zweimal, dann endlich ein Klicken: »Rechtsmedizin der Ludwig …«

»Bin ich der Erste?«, unterbrach Max die weibliche Stimme.

Ein schallendes Lachen drang an sein Ohr. »Wer ist denn überhaupt dran?«

Max biss sich auf die Lippe. Oh Mann! Er schämte sich für seine forsche Frage, die alles andere als professionell war.

»Kriminaloberkommissar Kramer, KPS Mühldorf. Ich hab zwei Leichen zur Obduktion. Eine männlich und eine weiblich. Bei der einen …«

Nun wurde Max selbst unterbrochen: »Jetzt warten Sie mal kurz. Ich habe heute noch keinen Termin vergeben. Und um Ihre Frage von vorher zu beantworten: Sie sind für heute der Erste.«

»Ja!« Max ballte seine Faust und reckte sie triumphierend in die Höhe.

»Um eins und halb zwei. Sie kommen doch dazu?«

»Selbstverständlich.«

Nach ein paar Detailfragen war das Gespräch beendet. Das Ganze hatte er sich komplizierter vorgestellt.

*

Um 9 Uhr verließ er seine Wohnung, stattete dem Spusi-Toni im Büro in Mühldorf noch einen kurzen Besuch ab und fuhr dann über die Bundesstraße nach München. Der Lastwagenverkehr auf der B12 war jeden Tag aufs Neue die Hölle. Nur die letzten Kilometer konnte er etwas zügiger auf der unfertigen A94 zurücklegen, die ihn allerdings direkt in den städtischen Einfahrtsstau lotste. Zäh schlängelte sich Fahrzeug an Fahrzeug der Innenstadt entgegen. Der Weg zur Rechtsmedizin war eine einzige Geduldsprüfung. Max war heilfroh, als er um 12 Uhr sein Ziel erreichte und den Wagen abstellen konnte.

Im Gebäude fand er sich schnell zurecht. Vor Dienstbeginn waren nur wenige Menschen unterwegs. Er setzte sich auf einen Stuhl im Gang vor dem Präparationssaal, starrte müde an die gegenüberliegende Wand und ließ seinen Gedanken freien Lauf.

Der Sturz von Anna Bichler aus dem zweiten Stock des Nonnenklosters war nicht eingeplant gewesen. Aber welcher Tote war das schon?

Gestern hatten sie noch miteinander gesprochen, und jetzt lag ihr gekühlter Leichnam hier in der Rechtsmedizin der Ludwig-Maximilians-Universität neben ihrem Mann. Eine paradoxe Situation.

Die Bichler hatte ihren Mann geliebt. Max und auch sein Kollege Fritz Fäustl gingen von einem Selbstmord aus, aber warum Frau Bichler sich am späten Abend ausgerechnet aus dem Fenster des Nonnenklosters gestürzt haben sollte, darauf hatten sie keine Antwort. Eine Selbstmörderin, die gerade erst ihren Gatten verloren hatte, schluckte Tabletten, schmiss sich in den Inn oder hängte sich am Dachboden auf. Die machte keinen Abendspaziergang mehr, brach dann in ein fremdes Gebäude ein und setzte ihrem Leben ein Ende. Das passte alles hinten und vorne nicht zusammen. Außerdem gab es am Kloster keinen Fitzel, der auf ein gewaltsames Eindringen hindeutete. Das war alles einfach nur rätselhaft.

Um neue Erkenntnisse zu gewinnen, musste Max wohl oder übel die Obduktion abwarten.

Und dann diese Geschichte mit dem alten Bichler und der möglichen Allergie. Das Augenleiden der Pilger war eine schwere Bindehautentzündung, so die Ärzte. Sie mussten sich schon Tage davor in ihrem Reisebus gegenseitig angesteckt haben, und dass dies dann fast gleichzeitig so verheerend bei allen in der Stiftskirche auftrat, war nichts als reiner Zufall. Von wegen Wasser aus dem Bruder-Konrad-Brunnen! Stattdessen hatten Händeschütteln und Busklimaanlage jeden Pilger mit der gleichen Portion Erreger bedacht.

Max hatte einen Instinkt, der ihn selten trog und ohne den er in seinem Beruf aufgeschmissen gewesen wäre. Und sein Instinkt sagte ihm, die Sache stank zum Himmel.

So wie die Wasserprobe, deren Untersuchung bisher allerdings nichts ergeben hatte. Keine gefährlichen Bakterien. Nur etwas Urin, was aber nicht verwunderlich war, da die Altöttinger Jugend oft in der Nacht als eine Art Mutprobe dort hineinbieselte. Max kannte das selbst von früher.

Er spielte in seinem Kopf noch einmal die einfachste Lösung durch: Der alte Bichler war an Altersschwäche gestorben, die Geschichte mit der unnatürlichen Einwirkung durch was auch immer aus Luft oder Wasser hatte sich ja bereits als falsch herausgestellt. Es gab keine allergische Reaktion, wie der Notarzt anfänglich geglaubt hatte. Seine Frau, von dem Ereignis überfordert, wollte ihrem Leben ein Ende setzen und entschied sich für den beherzten Sprung aus dem klösterlichen Fensterstock.

Falls es wirklich so war, konnte er den Fall bereits heute Abend abschließen und ein Weißbier auf den Erfolg heben. Im Hinterkopf glaubte Max allerdings nicht wirklich an diesen Ausgang der Geschichte.

Wollte er sich denn selbst bescheißen? Wenn ein Puzzleteil nicht passte, konnte es auch mit mehrmaligem Draufhauen nicht eingefügt werden. Nein, nein, nein. Irgendetwas schien er übersehen zu haben! Unschlüssig verlagerte er sein Gewicht von der rechten auf die linke Pobacke und wieder zurück. Wo blieb die Eingebung?

Koffein. Vor ihm leuchtete ein Kasten mit verheißungsvollen Bildern von Heißgetränken. Vielleicht setzte das ja einen Prozess in Gang.

In seinem Geldbeutel befand sich genau ein 50-Cent-Stück. Zwischen Daumen und Zeigefinger geklemmt, schob er es in den Schlitz des Kaffeeautomaten auf dem Gang der Rechtsmedizin. Unweigerlich musste er an den Spruch mit dem Teufel, der Not und den Fliegen denken, denn der Mokka, der die Maschine verließ, sah scheiße aus und roch auch so. Keinesfalls war dieses Gesöff sein Geld wert.

Max setzte sich wieder auf die Bank. Hoffentlich ließen die ersten Ergebnisse nicht mehr allzu lang auf sich warten. Er brauchte dringend etwas in der Hand. Einen kleinen Hinweis, so winzig er auch sein sollte. Irgendetwas, das ihn auf die richtige Spur brachte.

Vom ersten Schluck angestachelt, fuhren die Gedanken in seinem Kopf Achterbahn, und plötzlich ertappte er sich sogar dabei, den lieben Gott um einen kleinen Wink des Schicksals zu bitten.

Er hatte Gott seit seiner Kindheit nicht mehr um

Hilfe gebeten, als ihm damals noch fünf Mark fehlten, um die Western-Sheriff-Station von Playmobil zu kaufen!

Halt! Das war falsch. Im Mathematik-Grundkurs-Abitur vor ungefähr elf Jahren hatte er nach mehreren Flüchen über die Wurzelfunktion doch kurz ein Stoßgebet gen Himmel geschickt. Das konnte er nicht leugnen.

Aber Beten würde er das, was er in diesem Augenblick tat, vor Maria Evita nicht nennen wollen. Mehr so ein kurzes Gespräch unter Freunden, zwischen dem Allwissenden und dem eben Nichtswissenden. Wobei ihm definitiv lieber war, ein Nichtswissender mit gutem angeborenen Instinkt zu sein als ein tatsächlich allwissender, dafür aber unbeholfener, lebensunfähiger Trottel. Dabei dachte er an einen Abiturkollegen, den Hager Lori, der gerade im Innenministerium Karriere machte. Exzellentes Abitur, vor allem im Mathematik-Grundkurs, schnelles Studium, aber trotzdem jemand, der im übrigen Leben ein Totalversager war und bei dem sicher noch einmal in der Woche die Mami vorbeikam, um die Hemden zu bügeln. Ein weibliches Wesen hätte den Hager Lori nämlich nicht einmal mit einem Stecken angelangt. Und genau solche Deppen saßen dann im Innenministerium. Im Nachhinein war er verdammt froh, dass er sich gegen diese Laufbahn entschieden hatte.

»Ahhh!« Ein brennender Schmerz fuhr in seine rechte Hand und beendete den philosophischen Lebensexkurs. Gedankenverloren hatte er den Plastikbecher zusammengedrückt und die heiße Brühe über Hand und Hose gekippt. Verdammt!

Vielleicht hätte er davon absehen sollen, seinen Abiturkollegen einen lebensunfähigen Trottel zu nennen, denn wie hieß es so schön: »Kleine Sünden bestraft der liebe Gott sofort.«

»Schon klar! Schon klar!«, schrie er auf dem Gang der Decke entgegen.

*

Maria Evita hatte rund hundert Kilometer östlich auch Kaffee vor sich, allerdings in einer Tasse, während ihre Tante Traudl aufgeregt den Artikel von Petra Meier las. Maria Evita hatte es nach dieser Nacht im Kloster nicht mehr ausgehalten.

Das Küchenfenster ihrer Tante ging hinaus auf den Kapellplatz. Am anderen Ende lag der Bichler'sche Gasthof in mittäglichem Sonnenlicht. »Vorübergehend aus privaten Gründen geschlossen!« stand auf einem Pappschild, das in einem der Fenster klebte. Diese privaten Gründe waren bereits ganz Altötting bekannt.

Petra Meiers Artikel mit Foto hatte es sogar in den überregionalen Teil der *Passauer Neuen Presse* geschafft, zu der als regionales Blatt auch der *Alt-Neuöttinger Anzeiger* gehörte. »Unheimliches in der Stiftskirche« war er reißerisch betitelt und enthielt allerhand Spekulationen. Dass ein zweites Mitglied der Familie Bichler nicht mehr unter den Altöttingern weilte, machte seit der Früh hinter vorgehaltener Hand die Runde.

»Gut getroffen bist ja!« Frau Unterprammer legte ihren Zeigefinger auf das Foto und griff zu einer Schere, um den Artikel für ihre Pinnwand zurechtzustutzen. So hatte sie das bei Zeitungsausschnitten über ihre Nichte schon immer gehandhabt.

»Muss des sein? Tante Traudl, ich hab doch keinen Marathon gewonnen.«

»Ja, des muss sein!« Maria Evitas Tante fuhr mit ihrem Handrücken über das Papier, um es zu glätten. An der Pinnwand würde sich ein neuer Ausschnitt ganz gut machen, denn die Fetzen von Abitur und Bundesjugendspielen, die sie sorgsam gesammelt hatte, vergilbten vor sich hin.

Nach dem Unfalltod ihres Bruders und dessen Frau war Traudl zu Vater und Mutter für Vevi geworden, wie sie sie damals noch nennen durfte. Mit allem Drum und Dran. Ausklingende Pubertät, Punk- und Grufti-Zeit und schließlich die »spirituelle Umorientierung«, wie ihre Nichte das Nahtoderlebnis auf Drogen und den damit verbundenen Eintritt ins Kloster zu bezeichnen pflegte. Alles hatten sie gemeinsam erlebt, und Traudl Unterprammer begleitete das Geschehen in ihrer Wohngemeinschaft über dem Devotionalienhandel mit dem Sammeln von Zeitungsartikeln. Wirklich verstehen konnte sie den religiösen Sinneswandel ihrer Nichte nie, aber er war ihr lieber, als noch jemanden aus der Familie beerdigen zu müssen.

Besonders leicht waren die letzten Jahre nicht gewesen, alles andere wäre eine grobe Lüge, aber der schwere Schicksalsschlag hatte sie aneinandergeschweißt.

Viel Zeit gab es damals nicht, sich an die neuen Lebensumstände zu gewöhnen. Vor dem Unfall hatte sich das Verhältnis auf Geburtstagsgeschenke und Weihnachtsessen beschränkt, bei denen sich die gesamte Unterprammer-Familie traf. Mit 15 Jahren war Maria Evita plötzlich mutterseelenallein in Altötting, und ihre Tante fackelte nicht lange. Nachdem die schreckliche Nachricht sie erreicht hatte, war sie sofort zum Haus ihres Bruders gefahren, hatte Maria Evita noch im Schock an der Hand gefasst und gemeint: »Du ziehst jetzt zu mir! Keine Diskussion.«

Das war Maria Evitas Eintritt in das religiöse Erlebnisland am Altöttinger Kapellplatz, das für mehrere Jahre ihr Zuhause und ihre Arbeitsstelle werden sollte. Und genau das brauchte sie jetzt. Ein Gefühl von Zuhause. Die ehrwürdige Mutter hatte ihr ans Herz gelegt, doch zu ihrer Tante zu gehen, damit sie einen Vertrauten hatte, um den grausigen Fund zu verarbeiten.

Traudl Unterprammer war inzwischen mit der Umdekorierung der Pinnwand fertig und seufzte betrübt: »Erst der Alte und dann sei' Frau. Ein Unglück kommt halt doch selten allein! Dabei hätt's ja froh sein können, dass er weiter is. Sechzig is kein Alter, um zu sterben. Sie hätt jetzt wirklich viele schöne Jahre ohne den alten Deppen vor sich g'habt.«

Maria Evita starrte aus dem Fenster und wollte auf das Gerede ihrer Tante nicht eingehen. Sie hatte wieder dieses Bild der blutenden Bichler vor sich.

»Weißt, Vevi, ohne ihn wär sie ja nix gewesen«, fuhr ihre Tante fort, als würde sie ein Selbstgespräch führen. »Auer hat die alte Bichler mit Mädchennamen g'heißen. Der Bauernhof, aus dem die raus is, war scho' immer a g'schlamperte Wirtschaft. Ihre Mutter hat gesoffen, und was ma über den Vater Auer sagt, darüber will ich jetzt gar kein Wort verlieren.«

»Was denn?«, hakte Maria Evita ein. Tatsächlich war sie bei diesen Worten neugierig geworden.

»Na ja, dass ... eben. Also mit der ehelichen Treue hat der des nie so genau genommen. Ich geb ja nix auf so a blödes Gerede, aber ob seine Tochter, die Mutter vom Franzl und vom Korbinian, ned noch ein paar unbekannte Geschwister in Altötting hat, des bleibt wohl ewig ein Rätsel. Der alte Auer hat alles besprungen, was bei drei ned auf dem Baum war. Wie ein läufiger Dackel!«

Frau Unterprammer griff zur Zeitung. »Die Bichler Anna hat sich dann einen Mann gesucht, der wieder wie ihr Vater war. Also vom Wesen her. Wenn der Vater schon fremdgeht, dann suchen sich die Töchter auch wieder ein Arschloch. Das ist symptomatisch. Glaub mir, ich kenn viele, die können ein Lied davon singen. Mit dreißig hätt sie eh keinen anderen mehr gefunden, da nimmst dann a einen, der doppelt so alt ist. Allerdings hat der Bichlerwirt bei seiner Schwägerin a nix anbrennen lassen.«

»Bei wem? Ich hab den Faden verloren.«

Traudl Unterprammer drehte sich zur Pinnwand. »Bei der Mama vom Michi! Da, schau dir mal des Foto auf dem Artikel genau an. So, als wär er der dritte Sohn. Die Gesichter von den Cousins ähneln sich unglaublich.«

»Tante Traudl, du bist ja echt eine lebende Illustrierte!«

»Nein, wirklich. Der Bichlerwirt hat am Anfang ja gar nicht gewusst, welche von den Auer-Schwestern er letztlich heiraten soll. Fesch waren sie alle, aber arm wie Kirchenmäuse. Mei, die ham sich an den Alten direkt hingeschmust. Und dann is es eben durch Zufall die Anna geworden. Gott sei ihrer Seele gnädig! Plötzlich war die Anna halt mit den Zwillingen schwanger, und scho' war's verheiratet, reich und versorgt. Na gut, Geld hat er genug g'habt. War ja wurscht.«

»Woher hatte der Bichler eigentlich das ganze Geld, von dem du dauernd sprichst?«

»Schau dir doch mal den Gasthof an. Erste Lage am Altöttinger Kapellplatz.«

»Tante, ich kenn den Franz und den Korbinian. So reich sind die nicht.«

»Dass du dich da ned täuschst!«

Frau Unterprammer lehnte sich über den Tisch und sprach leise, so als würde sie ein großes Geheimnis verraten.

»Der Alte hat das Geld vom Doktor Friso!«

»Von wem?« Maria Evita sah verständnislos in das bedeutungsschwangere Gesicht ihrer Tante Traudl.

»Vom Doktor Friso«, wiederholte die fast beschwörend den unbekannten Namen.

»Hat er geerbt?«

»Nein!«

»Tante, ich hab keine Ahnung, von wem du sprichst.«

»Also ...«, holte Frau Unterprammer aus. »Der Doktor Friso is von den Amerikanern erschossen worden, weil ihn der alte Bichler verpfiffen hat. In einer Nacht-und-Nebel-Aktion haben's den Friso abgeholt und abgeknallt. Sollte keiner mitkriegen! Weißt, bei einem Geistlichen.«

»Tante Traudl, du sprichst in Rätseln.«

»Nach dem Zweiten Weltkrieg hat sich der Doktor Friso unten im Kapuzinerkloster versteckt. Die Amis haben ihn nämlich gesucht, weil er nicht nur Pfarrer war, sondern auch der Staatschef von der Slowakei, mit mächtig Dreck am Stecken. Der alte Bichler hat ihm beim Untertauchen geholfen und dann angeblich sein ganzes Vermögen einkassiert. Dem Friso hat er erzählt, dass er ihn damit nach Südamerika bringen wird. Und kaum hatte der eingewilligt, hat der Alte ihn bei de Amis hingehängt.«

»Woher weißt'n du des alles?«

»Ach Kind, des ist doch ein offenes Geheimnis in Altötting.«

»Auf mich wirkt das eher wie ein Gerücht, das weitergetratscht wurde.«

»Du wolltest doch wissen, woher der Bichler sein Geld hatte!«, sagte ihre Tante vorwurfsvoll.

Maria Evita war klar, dass es hinter der Fassade des Wallfahrtsortes ordentlich rumorte, aber den Ratsch ihrer Tante sollte sie keinesfalls auf die Goldwaage legen. Wenn alleinstehende Frauen zu viel Zeit hatten, wurden aus Häusern Schlösser, aus Kratzern Wunden und aus einem Gewitter die Urflut. So gesehen schenkte sie der ganzen Geschichte keine besondere Aufmerksamkeit.

Ihr Kaffee war inzwischen nur noch lauwarm, und als ob sie in mentaler Verbindung zu Max stünde, fiel auch Maria Evita der Spruch von der Not, dem Teufel und den Fliegen ein.

*

Die Wartezeit in der Gerichtsmedizin dauerte und dauerte. Es war bereits Viertel nach eins. Niemand schien von Max auf dem Gang Notiz zu nehmen. Seine Hand war krebsrot und tat ordentlich weh. Der Mokka hatte ihm die Finger richtig verbrüht.

Den Drang, zur Herrentoilette zu gehen, um die schmerzende Hand unter den kalten Wasserstrahl zu halten, hatte er bisher erfolgreich unterdrückt. Auch wenn ihm seine innere Stimme immer wieder zuflüsterte: »Kühl das jetzt!« Aber was sollte er machen? Wenn er plötzlich verschwunden war, würden sie ihn bestimmt vergessen.

Endlich tauchte eine junge, hübsche Ärztin mit langen dunklen Haaren auf und gab ihm ein Zeichen, sich ihr anzuschließen. »Sie verzeihen, dass wir schon ohne Sie begonnen haben? Oh, was ist denn mit Ihrer Hand passiert? Sieht ja gar nicht gut aus!«

»Ich habe mir vorhin Kaffee aus dem Automaten drübergegossen.«

»Sie sollten das in jedem Fall kühlen.«

»Das dachte ich mir auch schon, aber ich konnte ja nicht weg.«

Als sie den Präparationssaal betraten, deutete sie nach links. »Sehen Sie, da ist ein Wasserhahn. Stellen Sie ihn auf Blau, und halten Sie die Hand so lange in den Strahl, bis ich mit Verbandsmaterial wiederkomme.«

Beim Rausgehen blieb Max' Blick auf ihrer Rückseite hängen. Wow! Der Anblick des Hinterns der dunkelhaarigen Schönheit brannte sich in seine Netzhaut ein. Max' Laune hellte sich umgehend auf. Irgendeinen Vorteil musste es doch schließlich für ihn persönlich haben, zum Mord gewechselt zu sein. Bei Brand und Sitte kam man ja nie in die Rechtsmedizin.

Er grinste. Der Ärger über den Vorfall mit dem Kaffee und die lange Wartezeit waren wie weggeblasen. Dieser Elfe hätte er ja gar nicht zugetraut, mit schwerem Besteck eine Leiche zu zersägen.

Langsam zeigte das kalte Wasser Wirkung, und der Schmerz wich nach und nach aus seiner Hand.

Kurze Zeit später kehrte auch die Ärztin mit einer Salbe und Mullbinden zurück.

»Zeigen Sie mal her.«

Ihre Augen waren dunkel. Etwas Grün und ein bisschen Braun mischten sich in der Iris zu einer geheimnisvollen Verbindung. Wie sie da seine Hand hielt und fachmännisch den Verband anlegte, das hatte für Max tatsächlich etwas sehr Intimes.

Einen Wimpernschlag lang erwiderte sie seinen Blick. Sie lächelte kurz. Oh Mann! Max war dieser Blick in alle Glieder gefahren.

»Wir haben uns noch gar nicht vorgestellt. Max Kramer von der Mordkommission Mühldorf.«

Sollte er sie jetzt gleich um ihre Telefonnummer bitten?

Die junge Ärztin hob den Kopf. »Rupprecht!«, sagte sie knapp, wobei sie das Doppel-p besonders hervorhob. Ihr rollendes R verlieh dem Ganzen noch mehr Respekteinflößendes. Vielleicht sollte Max doch erst nach getaner Arbeit zum Privaten kommen?!

Mehrere Menschen in weißen Kitteln bevölkerten inzwischen den Präparationssaal und machten sich an den Tischen zu schaffen. Dr. Maria Rupprecht war die leitende Ärztin, die sich der beiden Bichler-Leichen angenommen hatte. Schweigend standen Max und sie nun bei der alten Bichlerwirtin. Bleich und zerschunden lag der Leichnam vor ihnen auf einem metallenen Präparationstisch. Das gleißende Licht einer Neonröhre direkt darüber verlieh der Haut einen Blaustich. Gestern noch voll Leben und heute nur noch ein Haufen Fleisch.

Mit ihrem Kugelschreiber deutete Dr. Rupprecht auf den Kopf der Bichler. »Bei der Frau hier ist es ganz einfach. Ich hatte vorhin schon Zeit, sie mir einmal genauer anzusehen: Hutkrempenregel, ganz klar. Hatten Sie damit schon einmal zu tun, Kommissar Kramer?«

Max verneinte.

»Die Hutkrempenregel besagt, dass bei einem Sturz

oder Ähnlichem alle Verletzungen unterhalb der sogenannten Hutkrempe natürlichen Ursprungs sein können und alles darüber definitiv nicht. Frau Bichler hat
aber eine Verletzung oberhalb dieser Linie, die sehr
wahrscheinlich von einem stumpfen Gegenstand her-
rührt. Im Klartext gesprochen: Bevor sie aus dem Fenster gestürzt ist, hat ihr jemand etwas ordentlich auf den
Schädel gedroschen.«

Max strich sich vorsichtig über die eingebundene
Hand. Sein Instinkt hatte ihn also nicht getäuscht.
Selbstmord als Ursache für den Sturz schied aus. Doch
wer hatte ein Motiv, die alte Bichler zu beseitigen? Und
dann auch noch im Nonnenkloster? Wie hatte sich die
Geschichte gestern Abend nur zugetragen? Er hakte
nach: »Ist diese Verletzung denn die eigentliche Todesursache?«

Die Ärztin schüttelte ihren Kopf. »Nein, im End-
effekt ist sie schon am Sturz gestorben, nehme ich an.
Aber das ist nicht das Einzige.« Dr. Rupprecht tippte
mit der Spitze ihres Kugelschreibers auf den Hals der
Leiche. »Sehen Sie mal hier. Am Kehlkopf sind, wenn
Sie genau hinschauen, Würgemale zu erkennen.«

Das wurde ja immer obskurer. Sturz, dumpfer Schlag
auf den Kopf und jetzt auch noch Würgemale. Die Arme
war von ihrem Mörder ganz schön zerschunden worden.

Max griff nach seiner Digitalkamera und machte ein
Foto vom Kehlkopf der Toten, danach musste er sich ab-
wenden. So cool und abgebrüht war er dann doch nicht,
diesen Anblick noch länger ertragen zu können. Seine
Psyche wehrte sich vehement, Trauer oder andere persönliche Gefühle zuzulassen, aber seine Schutzmauer

bröckelte. Plötzlich war er wieder fünf und sah Frau Bichler ihm die Hand reichen; dann sieben, sie spendierte allen Nachbarskindern in ihrem Gasthof eine Limo; dann zwölf ... Stopp! Pack alle scheiß Erinnerungen und sperr sie weg! In seinem Leben würde er hier wohl noch öfter stehen müssen. Konzentration. Anderes Thema. »Und wie sieht das bei ihrem Mann aus?«

»Dazu wollte ich gerade kommen.«

Dr. Rupprecht wechselte den Tisch und holte Luft. »Bei ihm bin ich mir noch nicht sicher. Es könnte sich um eine natürliche Todesursache handeln, allerdings habe ich da so einen Verdacht. Deswegen lassen wir gerade den Mageninhalt und das Blut der Leiche untersuchen. Chemisch-toxikologisches Gutachten. Das wird noch einige Zeit in Anspruch nehmen.«

Schon wieder warten. Max war es eigentlich leid, aber falls sie ihm die Wartezeit durch ihre bloße Anwesenheit versüßen sollte ...

In diesem Augenblick betrat ein junger, sportlich wirkender Assistenzarzt den Raum und nickte Dr. Rupprecht zu. »Stimmt, du hattest recht. Genau dasselbe in Grün. Deinen Instinkt möchte ich mal haben. Superb!« Er lachte und warf einen Kuss in die Luft.

Die Ärztin wandte sich wieder an Max. »Kommissar Kramer, sprechen wir heute mal von einem glücklichen Zufall, der uns enorm viel Zeit spart! Neulich erst lag ein ähnlicher Fall bei uns auf dem Tisch. Anscheinend hat sich mein Verdacht erhärtet. Darf ich vorstellen: Doktor Birlbauer, einer unserer Assistenten aus der Toxikologie.«

Dr. Maria Rupprecht lächelte ihren Assistenzarzt zufrieden an und erwiderte den Luftkuss.

»Jetzt spannen Sie mich nicht länger auf die Folter«, platzte es aus Max heraus, dem zwischen der Rupprecht und dem Birlbauer eindeutig zu viel hin- und hergelächelt wurde.

»Roter Fingerhut.«

»Was?«

»Die männliche Leiche hat einen Tee aus Rotem Fingerhut getrunken, der in dieser Dosis unweigerlich zum Tod führen musste«, sagte Dr. Rupprecht. »Herzversagen.«

»Tödliche Teestunde«, das war eine Schlagzeile wert im *Alt-Neuöttinger Anzeiger*. Max fühlte sich, als hätte ihn ein LKW mit vollem Karacho überfahren. Es war einer jener beruflichen Momente, wo er dachte, sich in einem Kriminalroman zu befinden.

»Ich bin kein Biologe, Doktor Rupprecht. Was genau ist Roter Fingerhut?«

»Diese Pflanze haben Sie bestimmt schon einmal gesehen. Kommt bei uns in der Natur vor. Sie blüht sogar in manchem Garten. In der Pharmazie ist sie oft Bestandteil von Herzpräparaten, aber eigentlich hochgiftig.«

Dr. Birlbauer räusperte sich im Hintergrund. »Ich habe mich ja erst letztens mit diesem Thema auseinandergesetzt, und ich möchte Sie darauf hinweisen, dass so ein Tee äußerst bitter ist. Versehentlich trinkt man so ein Gebräu nicht. Selbstmord durch die eigenständige Einnahme liegt da schon im Bereich des Möglichen.«

Klugscheißer!, dachte sich Max. Allerdings veränderte das die Sichtweise völlig.

Jetzt wurde der ganze Fall noch komplizierter. Der alte Bichler ein vermeintlicher Selbstmörder und seine

Frau doch keine. Also da, wo es vorher noch so schien, keinesfalls, und da, wo eben nicht, dann schon. Max versuchte alle Überlegungen zu ordnen, die sich chaotisch in seinem Hirn stapelten.

»Sie wirken etwas abwesend, Kommissar Kramer.« Die Stimme von Dr. Rupprecht holte ihn zurück in die Realität.

»Ich muss schnell telefonieren.« Max verließ den Präparationssaal und rief von seinem Handy aus Fritz Fäustl an.

»Fritz! Pass auf! Beim Alten war es Gift, und seine Frau hat eine über den Schädel gezogen bekommen, bevor sie aus dem Fenster gestürzt ist. Außerdem hat sie am Hals Würgemale! Bestell mir die beiden Söhne umgehend ins Büro nach Mühldorf ein. Ich bin in ungefähr einer Stunde wieder unten bei euch. Kommt auf den Verkehr an.«

»Gift!? Mannomann, damit hätte ich jetzt am wenigsten gerechnet.«

»Ja, ein Tee aus Rotem Fingerhut. Vermutlich Suizid.«

Fäustl wiederholte ungläubig noch einmal den Namen des Krautes. Plötzlich dämmerte es ihm. »Die Pflanze heißt doch auch ›Unserer lieben Frauen Handschuh‹, oder? Max, des würde ja zu Altötting passen wie die Faust aufs Auge.«

»Ich kenn das Zeugs nicht. Vielleicht hätte ich am Gymnasium in Bio besser aufpassen sollen.«

»Wenn ich mich recht erinnere, hat mir meine Mutter damals verboten, diese Blume zu pflücken und für mein Herbarium zu pressen, weil's angeblich so furchtbar giftig wäre.«

»Wir sehen uns im Büro.« Es blieb keine Zeit mehr, um mit dem Fäustl weitere Schulerinnerungen auszutauschen.

Max öffnete die Tür zum Präparationssaal, um sich zu verabschieden. Die fesche Ärztin und ihr Assi standen vor der Leiche des alten Bichler und lächelten sich schon wieder grenzdebil an. Zwischen den beiden lief doch was!

»Wiederschau'n!«

Er streckte nur kurz seinen rechten Arm in den Türspalt, um Dr. Rupprecht ein kleines Winken anzudeuten. Die erwiderte den Gruß und rief ihm nach, dass sie den genauen Befund zur Dienststelle faxen wolle.

Kopfschüttelnd über die unerwartete Wendung des Falls verließ Max die Rechtsmedizin und machte sich auf den Weg zurück nach Mühldorf.

*

Maria Evita hatte sich ebenfalls für einen Ortswechsel entschieden. Sie wollte dem Korbinian und dem Franz ihr Beileid aussprechen. Binnen kurzer Zeit sowohl Vater als auch Mutter zu verlieren war für keinen Menschen leicht, egal welchen Alters.

Als sie aus dem Haus ihrer Tante trat, sah sie quer über den Kapellplatz auf den Bichler'schen Gasthof. Biergartenwetter. Für einen Frühschoppen geradezu ideal. Die Sonne wärmte den Kies mit ihrer sommerlichen Kraft, die schon mittags spürbar war, doch in Altötting waren nur wenige Menschen unterwegs.

Niemand saß vor dem Lokal auf der Terrasse, und die Stühle waren mit einem Drahtseil an die Tische geschlossen. In dem Fenster links neben der Tür, das einen Einblick in das Gastzimmer gewährte, pappte mit Tesa befestigt dieses Schild, das dem Besucher schon von weitem ankündigte: Hier stimmt etwas nicht. Umbau oder Todesfall.

Trostlos wirkte das Ensemble, trotz des schönen Wetters.

Ungefähr hundert Meter hatte sie noch, da sah sie Korbinian aus dem Haupteingang kommen, sofort wieder abschließen und um die Ecke Richtung Basilika und Kapuzinerkloster verschwinden. Sie wollte ihm schon etwas nachrufen, aber er war zu schnell weg.

Maria Evita folgte ihm. Vermutlich war er auf dem Weg zu den Garagen auf der Hinterseite. Eine gepflasterte Treppe führte sie einen kleinen Hang hinab in Richtung Basilika, dann bog sie rechts ein und stand auch schon vor einem grauen Garagentor aus Metall. Der Lack blätterte an mehreren Stellen ab. »Ausfahrt freihalten« war auf einer gelben Tafel zu lesen. Allerdings wusste Maria Evita, dass die Garage seit Jahren nur als Abstellraum für den Gasthof benutzt wurde.

Das Tor stand leicht offen, und durch den kleinen Spalt sah sie tatsächlich Korbinian, der irgendetwas umräumte.

Maria klopfte vorsichtig an das Tor und rief Korbinians Namen. Erschrocken fuhr er auf und versuchte unauffällig etwas in einer Holzkiste verschwinden zu lassen.

»Ja, bitte!«, rief er nervös.

Als sie eintrat, wirkte er allerdings plötzlich erleichtert, anscheinend hatte er mit jemand anderem gerechnet.

»Servus«, begrüßte er sie trocken.

»Ich wollt nur ... mei, i war dabei, als deine Eltern ... du weißt scho«, brach es aus Maria Evita heraus.

Korbinian setzte sich auf die Kiste, in der er gerade noch herumgewühlt hatte, und schwieg. Stille machte sich breit. Seine Augen musterten Maria Evita vom Kopf bis zu ihren Schuhen. Korbinians rechter Mundwinkel zuckte nervös. Ihre Anwesenheit passte ihm offenkundig nicht.

»War's des?«, durchbrach er das Schweigen.

»Mein herzliches Beileid für dich und den Franz! Ehrlich!«

Er nickte leicht und sah zu Boden, wie er das immer tat, wenn ihm etwas unangenehm war.

»Weißt du schon, wann Beerdigung is?« Maria Evita wollte das zaghafte Gespräch am Laufen halten.

»Wenn's von der Obduktion wieder da sind.«

»Ich würd euch so gern helfen, wenn ihr mich braucht.«

»Wobei denn?«, kam es barsch von Korbinian zurück.

Sie schluckte. »Ja, bei ...«

»Lass es gut sein. Wir brauchen nix!«

»Vielleicht brauchst ja jemanden zum Reden? Ich hab das alles doch schon selber mitg'macht.«

Korbinian hob seinen Kopf. »Reden? Gibt nix zum Reden!«

Maria Evita fühlte sich elend. Vermutlich war es ein Fehler gewesen hierherzukommen. Sicher sogar. Warum hatte sie immer wieder den Drang, Menschen zu helfen, die gar keine Hilfe wollten?

Sie stand unschlüssig in diesem Garagenchaos, in

dem sich Kisten mit Geschirr und Töpfen sowie alte Zeitungen bis zur Decke stapelten. Seit Jahren hatte sich hier wohl nichts verändert.

Mit ihren Fingern befühlte sie unsicher die Perlen ihres Rosenkranzes. Langsam zog sie ihn aus ihrem Habit. Als Geschenk sollte er Korbinian aufbauen, wenn er schon nicht reden wollte.

»Warum macht'n die Mami so was?«, entfuhr es Korbinian plötzlich.

Er hatte die Frage nur so vor sich hin gemurmelt, gewiss erwartete er nicht einmal eine Antwort darauf, aber Maria Evita wollte ihm Trost spenden.

»Ich hab keine Ahnung. Manchmal handeln Menschen aus einem Affekt heraus, den wir nicht nachvollziehen können.«

»Die Mami hat sich aber eigentlich immer genau überlegt, was sie tut.«

Maria Evita setzte sich auf die Kiste zu Korbinian. Er hatte sie beim Sprechen nie direkt angesehen.

Mami. Es hatte etwas Anrührendes, wenn ein 30-Jähriger dieses Wort benutzte.

Korbinians Augen waren rot umrandet, so als hätte er geweint. Die Bichler-Buben waren als harte Jungs bekannt, vor allem im Sport. Tränen passten nicht zu ihnen, aber diese rot verquollenen Augen zeigten Maria Evita, dass er doch etwas anders war, als sie bisher gedacht hatte.

Auf der Kiste begann es zu vibrieren, begleitet von einer elektronischen Melodie. Korbinian erhob sich und zog ein Handy aus seiner Hosentasche.

»Ich bin hinten in der Garage. Moment. Ich komm gleich.« Er ließ das Telefon wieder verschwinden. »Die

Kripo in Mühldorf verlangt nach uns. Geh jetzt, bitte! Ich muss weg.«

Der Satz wirkte wie ein Befehl. Maria Evita trat zum Tor und drückte es auf. Im Hinausgehen sagte sie ein leises »Servus« und ließ Korbinian allein zurück.

Als sie gerade um die Ecke auf den Kapellplatz einbiegen wollte, sah sie Franz mit seinem Cousin, dem Michi, auf der Terrasse stehen. Sie hielt inne. Die beiden schienen Maria Evita nicht zu bemerken. Michi rauchte eine Zigarette und redete wild gestikulierend auf Franz ein.

»Du und der Korbinian, ihr wisst es doch selber! Überleg dir gut, was ihr macht. Die Polizei würde sich dafür sicher brennend interessieren.«

»Hau ab!«

»Blut ist dicker als Wasser! Oder soll das alles hier am Ende noch den Bach runtergehen?«

VII. Du sollst nicht stehlen.

Fräulein Schosi platzte fast vor Stolz, als sie durch die Gänge des Altöttinger Kreisklinikums schritt. Ihre Tasche war ausgebeult von insgesamt acht unterschiedlichen Teesorten, die sie aus Schwester Pias Klosterapotheke geholt hatte. Herztees, Stärkungstees und zur Reinigung von innen einen Blasen- und Nierentee, leicht abführend. Was sie nicht wusste, ja nicht einmal im Entferntesten ahnte: Die Lösung des Falles Bichler lag ebenfalls in ihrer Handtasche. Unschuldig zwischen den Tees und ihrer Kölnischwasser-Flasche war da noch etwas, dem sie aber keine genauere Beachtung schenkte.

Der Schulmedizin wollte sie nun eine Lehre erteilen. Was Jahrhunderte in einer Klosterapotheke gereift war, würde dem Monsignore besser helfen als diese Krankenhausbehandlung.

Auf der Pflegestation waren die Schwestern dabei, das Mittagessen auszuteilen. In großen Wägen stapelten sich die Tabletts. Skeptisch blieb Fräulein Schosi an einem stehen und lüftete die orangefarbene Haube über einem Teller. Kartoffelbrei, Rinderbraten und eine dicke braune Sauce lächelten ihr entgegen. Na, das würde der Monsignore heute sicher nicht zu sich nehmen! Vorsorglich hatte sie nämlich in der Früh noch einmal einen Topf mit Currygemüseobstbrühe aufgesetzt. Und …

»Herrgottsakrament!« Das durfte ja wohl nicht wahr sein! Sie hatte die Brühe zu Hause vergessen. Ihre Thermosflasche stand ja seit gestern Abend in Hirlingers Krankenzimmer, und da das Ding in der Küche nicht griffbereit gewesen war, hatte sie einfach nicht mehr daran gedacht, die Brühe mitzunehmen. Was sollte ihr Monsignore denn nun zu Mittag essen? Sie überlegte kurz. In diesem Laden musste doch auch Schonkost zu bekommen sein!

Ihr Blick fiel auf eine junge Krankenschwester. Sie stand vor Hirlingers Zimmer und war gerade dabei, die Essenskarte auf dem Tablett mit der Nummer neben seiner Tür zu vergleichen. Entschlossen packte Fräulein Schosi sie am Handgelenk.

»Schwester! Ich denke, dass dieses Essen mit der fetten Sauce …«

Sie stutzte. Eingeschlagener Kragen. Dekolleté. Das war doch das Luder von gestern Abend!

Die junge Frau schob das Tablett zurück in den Wagen und tippte mit dem Zeigefinger mehrmals hintereinander auf ihre Armbanduhr. »Jetzt ist keine Besuchszeit!«

»Das brauchen Sie mir nicht zu sagen! Ich bin hier, weil Monsignore Hirlinger einige Dinge benötigt, die ich für ihn …«

»Jetzt ist keine Besuchszeit!«, kam es etwas energischer aus dem Mund der jungen Krankenschwester.

»Das ist mir egal. Schauen S', hier in dieser Tasche.«

Fräulein Schosi hob ihre Handtasche vor das Gesicht der Krankenschwester, was ihr Gegenüber dazu veranlasste, reflexartig zurückzuweichen.

»Wollen Sie mich etwa bedrohen?«

Fräulein Schosi war für einen Moment lang sprachlos.

Die Krankenschwester fuhr fort: »Wenn Sie nicht augenblicklich das Ding da wieder sinken lassen und von der Station verschwinden, rufe ich die Polizei!«

Jetzt war Fräulein Schosi platt. So hatte ja noch niemand gewagt, mit ihr zu sprechen!

»Sie lassen mi' jetzt sofort durch!«

Fräulein Schosi tat einen Schritt auf die Krankenschwester zu. Diese hob daraufhin die Hände vors Gesicht und begann zu schreien. Zwei weitere Schwestern kamen zu ihrer Kollegin geeilt.

»Helft mir, die Frau ist verrückt!«

Ein kleiner Kreis von weißen Arbeiterbienen scharte sich um den Eindringling. Aus jedem Mund wurde auf Fräulein Schosi eingeredet, mal beschwichtigend, mal aggressiv.

Die junge Krankenschwester sagte schniefend: »Das ist die Frau von gestern Abend!«

Schlagartig wurde es lauter. Die Bienen rüsteten zum Angriff. Panisch ließ Fräulein Schosi ihren Blick kreisen. Eine Horde wild gewordener Frauen in weißer Schwesternuniform umgab sie. Ihr war absolut nicht klar, was nun geschehen sollte. Der einzige Schutz: ihre Handtasche. Es wurde eng.

»Ruft doch endlich wer die Polizei!«

Der Lärmpegel war auf ein unüberhörbares Maß angewachsen und hatte vorne im Aufenthaltsraum die

Bienenkönigin alarmiert, die sich im Laufschritt auf den Weg machte. Frau Schustermüller, ihres Zeichens Oberschwester, war eine respektable Dame aus dem nahen Rottal. Niemand widersprach ihr. Normalerweise hätte ihr bloßes Erscheinen genügt, damit wieder Ruhe einkehrte, aber die Situation war kurz davor, außer Kontrolle zu geraten, und niemand nahm von ihr Notiz.

Die Bienenkönigin hatte ihre Macht verloren. Das konnte sie sich nicht gefallen lassen. Wo blieb die Disziplin, an der sie mit den Schwesternschülerinnen seit Jahren arbeitete? Sodom und Gomorrha musste Einhalt geboten werden. Wer am lautesten schrie, hatte recht! Und genau das tat sie nun: »Is jetzt ned glei' a Ruaaa!«

Die Szene fror ein. Frau Schustermüller hatte das letzte Wort mit einer solchen Lautstärke und scharfen Betonung versehen, dass keine der weißen Bienen es wagte, sich zu bewegen.

Am Boden saß ein angsterfülltes Fräulein Schosi, die Handtasche wie einen Schild über ihren Kopf erhoben.

»Was is hier genau passiert?« Frau Schustermüller musterte ihre Schwestern, eine nach der anderen. Die Blicke wichen ihr aus.

»Jetzt red's endlich, Madeln!«

Aus dem Schosihaufen reckte sich eine Hand hervor. »Die ... die ...«, stotterte es aus ihr heraus. »Die Schwestern haben mich angegriffen!«

»Jetzt wird's aber hint' höher als wie vorn!« Die Oberschwester dachte, sie hätte sich verhört.

»Doch, sie sind alle auf mich losgegangen, und ich wollte doch nur dem Monsignore ...« Fräulein Schosi konnte den Satz nicht beenden, denn die junge Krankenschwester, die ja eigentlich der Auslöser des Tumults gewesen war, begann jämmerlich zu wimmern. Sirenenartig wurden ihre Klagetöne lauter und dann wieder leiser. Manches Aufheulen wirkte wie der Teil eines unidentifizierbaren Satzes, bis aus ihrem Mund endlich das Wort »Be... Be... Besuchszeit« zu vernehmen war.

»Mitkommen!« Frau Schustermüller winkte mit ihrem Zeigefinger die weinende Krankenschwester zu sich heran.

»Ja, Sie schon auch!«

Das galt Fräulein Schosi. Deren Gewicht verhinderte allerdings ein sofortiges Aufstehen. Mit angestrengtem Gesicht half ihr die Oberschwester wieder auf die Beine. Danach bugsierte sie die Kontrahentinnen in den Aufenthaltsraum und deutete auf zwei Stühle: »Setzen!«

Ohne ein Widerwort nahmen beide Frauen Platz. Frau Schustermüller schloss die Türe.

»Jetzt red jeder nur, wann er dran is! Und der andere hält sei Bappm! Wer san Sie? Und was woll'n Sie hier?«

»Petronilla Schosi«, kam es kleinlaut und zögernd. »Ich bin die Haushälterin vom Monsignore Hirlinger.«

Da diesen ersten Worten nichts weiter folgte, verschränkte Oberschwester Schustermüller die Arme. »Und?«

»Ich wollte meinem Monsignore, also dem Hirlinger, also meinem Arbeitgeber, dem ich seit mehr als dreißig Jahren treu und ehrlich diene und zur Seite steh, dem wollt ich, also, weil er mi braucht und ...« Fräulein Schosi hatte den Faden verloren. Zaghaft lächelnd zog sie ein Päckchen Tee hervor und streckte es der Oberschwester entgegen. »Des wollt i eam bringa. Und diese Person da hat sich mir ganz frech in den Weg gestellt.«

Ein weiterer kleiner Aufschluchzer überkam die

junge Krankenschwester, gefolgt von: »Besuchszeit. Jetzt ist doch keine Besuchszeit. Ich wollte nur die Mittagsruhe schützen.«

Frau Schustermüller nahm nun das weiße Häufchen Elend ins Visier. »So jetzad. Was moanan Sie dazu, Schwester Steffi?«

Moderatorin Schustermüller hatte ihrer Untergebenen den Ball zugespielt. Ein kleines Räuspern. Sichtlich wurde sie auf ihrem Stuhl um ein paar Zentimeter größer.

»Gestern Abend habe ich diese Frau bereits an die Besuchszeiten gemahnt, und eben hab ich sie wieder daran erinnern müssen. Danach hat sie mich mit ihrer Handtasche bedroht, und als ich nicht von der Stelle gewichen bin, da hat sie mir dann einen Rempler versetzt.«

»Das is gar ned wahr. I hab im ganzen Leben noch niemanden angerempelt.«

»Sie sind bedrohlich auf mich zugekommen und haben dieses Ding da geschwungen!«

Die Oberschwester sah von der einen zu der anderen. »Was haben Sie eigentlich alles da in dera Tasch'n drin?«

Fräulein Schosi packte aus und stapelte die Teepäckchen auf den Tisch. Dabei fiel ihr aus Versehen das Kölnischwasser sowie ein winziger Klosterlikör auf den Boden, der direkt zwischen die Füße der Oberschwester rollte.

Frau Schustermüller bückte sich und hob das Fläschchen auf. »Alkohol?«

»Des is ein Magenbitter aus'm Kloster. Und der war gar ned für den Monsignore bestimmt. Bloß die Tees da.«

»Mir ham hier auf der Station mehr als genug Tee,

und einfach a so gibt man einem Patienten in Behandlung auch keinen Schnaps nicht!«

»So, dann noch einmal zum Mitschreiben: Der is ned für den Monsignore, sondern für mi!« Fräulein Schosis Stimme hatte einen keifenden Unterton.

»Wissen S' was. Sie packen jetzt des alles wieder ein, halten sich in Zukunft an die Besuchszeiten und bringen bitte a nie mehr irgendwas mit. Dann verlieren wir hier über die Geschichte kein Wort mehr«, entgegnete Frau Schustermüller.

»Jetzt hör'n Sie mir mal zu. I will nur das Beste für den Monsignore Hirlinger, und Sie ...«

»Oder ich rufe jetzt auf der Stell die Polizei wegen Hausfriedensbruch!« In dem Blick der Oberschwester konnte man lesen, dass es ihr damit ernst war.

Für einen kurzen Moment schloss Fräulein Schosi die Augen und hielt die Luft an. Ruhe bewahren!

Einatmen. Ausatmen. Über ihren Kehlkopf ließ sie einen kleinen Luftstoß streichen, der sich anhörte wie das Knurren eines Hundes.

»So was Unverschämtes!«

Mit beiden Händen riss sie ihre Tasche auf und pfefferte die Päckchen wieder hinein.

»Das wird no' a Nachspiel haben!«

Fräulein Schosi stampfte beleidigt von dannen.

*

Was hatte der Michi eben damit gemeint? Maria Evita stand immer noch wie angewurzelt hinter der Ecke des Gebäudes, von der Gasthofterrasse unmöglich zu erblicken. Die gerade gehörten Worte hallten in ihrem

Kopf nach. Das hatte ja wie ein Erpressungsversuch geklungen! Ganz klar, die Bichler-Buben hatten etwas zu verbergen.

Von der anderen Seite näherten sich Schritte. Ihr Atem wurde schneller. Das war sicher der Korbinian, der aus der Garage wieder vor zum Eingang wollte. In Windeseile lief Maria Evita in Richtung Kapuzinerkirche, um ihm nicht zu begegnen.

Unweit des Bruder-Konrad-Brunnens blieb sie stehen und drehte sich um. Niemand hatte von ihr Notiz genommen. Gott sei Dank! Erleichtert ließ sie sich auf die Bank unter der Papst-Linde fallen.

»Ich hätt so gerne Chloroplasten! Ich wär so gern ein bisschen grün!«

Um Himmels willen! Warum fielen ihr immer in den unpassendsten Momenten Liedtexte aus früheren Zeiten ein? Diesmal von einer Punkband ihrer pubertären Phase.

Sie griff nach dem Rosenkranz, um sich zu beruhigen. Nichts. Sie fasste ins Leere. Andere Seite. Wieder nichts. Wo war er?

Mit den Fingern beider Hände klopfte sie sich mehrmals energisch an die Schläfen. Wie ein Abhängiger, der seinen Stoff nicht bekam, fühlte sie in der Magengrube eine unglaubliche Angst hochkochen.

»Heiliger Antonius von Padua, bitte hilf mir suchen. Mist! Ich bin manchmal auch zu dumm zu allem! Einfach nur vollkommen dämlich, hirnverbrannt und verblödet!«

Maria Evitas Blick wanderte zur Bichler'schen Garage. Sie musste den Rosenkranz verloren haben, als sie ihn Korbinian in die Hand drücken wollte. Ganz klar.

So war es. Oder vielleicht doch auf dem Weg? Das hieß dann wohl, dass sie keine andere Wahl hatte, als alles abzusuchen.

Sie wartete noch ein paar Minuten auf der Holzbank, um sicherzugehen, dass ihr weder Franz noch sein Bruder oder am Ende gar der Michi begegnen würde, und stand auf. Inzwischen schlug es von mehreren Seiten zwei Uhr. Im Gegensatz zu gestern waren an diesem Montagmittag nur wenige Pilger unterwegs.

Auf dem Weg zur Ecke, wo sie vorhin noch gestanden hatte, und dann weiter zur Garage ließen ihre Augen nicht den kleinsten Kieselstein aus, und in ihr erhärtete sich der Verdacht, dass sie den Rosenkranz auf der Kiste zurückgelassen hatte. Vielleicht war ja nicht abgesperrt und sie konnte ihn sich einfach holen.

Das Tor war zu. Abgeschlossen. Sie rüttelte vorsichtig am Türknopf und – Sesam, öffne dich – der Eingang sprang auf. Korbinian hatte vergessen, von innen den Hebel umzulegen, so dass sich die verschlossene Tür problemlos öffnen ließ.

Drinnen begrüßte sie vollkommene Dunkelheit. Ihre Hand tastete nach dem Lichtschalter. Es wurde Licht! Doch auf dem Kistendeckel lag nichts. Wo war sie vorhin noch mal genau gestanden? Maria wechselte den Platz. Doch auch hier war nichts auf dem Boden zu entdecken.

»Heiliger Antonius von Padua!« Schritt für Schritt begann sie das Bichler-Chaos zu durchforsten. Endlich, nach Minuten, die ihr wie eine halbe Ewigkeit vorkamen, erblickte sie hinter den Kisten, was sie gesucht hatte. Unter einer halbzerknüllten Zeitung lag der vermisste Rosenkranz. Erleichterung machte sich breit.

Sie wollte schon wieder gehen, da fiel ihr Blick hinter Papier, Staub und Mülltonnen auf eine längliche Plane im hintersten, unbeleuchteten Winkel der Garage. Langsam näherte Maria Evita sich.

Vom vorderen Teil der Garage war dieses von Stoff bedeckte Ding nicht zu sehen, obwohl es mindestens vier Meter maß. Ihre Hände lüfteten die Plane. Sacklzement! Es war ein Auto, das ihre Neugierde geweckt hatte. Maria Evitas Augen erkannten deutlich einen Mercedesstern. Die Reifen fehlten, und auch sonst wirkte das Fahrzeug nicht besonders einsatzfähig.

Maria Evita war kein PKW-Spezialist, aber dass dieser hier mindestens 50 Jahre alt war, das hätte sogar ein Blinder mit Krückstock sofort erkannt. An der Fahrertür entdeckte sie ein etwas verkratztes Emblem: Auf einer blauen Wolke stand ein weißes Kreuz mit zwei Querbalken. Die Fläche dahinter war in kräftigem Rot gehalten. Ein Patriarchenkreuz? Auf einer versteckten Rostlaube in Altötting? Sie besah sich das Fahrzeug genauer.

Die Sitze waren zerschlissen. Das Heckfenster fehlte komplett. Irgendwoher kannte sie das sonderbare Zeichen, aber es wollte ihr partout nicht einfallen. Ein kleiner Zettel, ungefähr so groß wie eine Briefmarke, klebte auf der Motorhaube. Das seltsame Ding erregte ihre Aufmerksamkeit. In kleiner gedruckter Schrift stand darauf, etwas schwer zu entziffern: »Property of the MP«. Seltsam.

*

Mittagspause. Spät heute, aber wichtig. Und eines der schönsten Wörter, die Fritz Fäustl kannte. Von der Metzgerei am Mühldorfer Stadtplatz hatte er sich drei große Leberkässemmeln geholt und aus dem nahen Supermarkt ein fast monströses Glas süßen Senf. Jetzt saß er wieder hinter seinem Schreibtisch in der Kriminalpolizeistation und verteilte mit einem Teelöffel äußerst großzügig Senf auf dem Leberkäse. Wahre Schätze türmten sich vor ihm auf und veranlassten seinen Mund, schon mal eine ordentliche Portion Speichel vorzuproduzieren. Fäustls Geschmacksnerven tanzten Samba.

Sorgfältig klappte er die Hälften wieder aufeinander. Er musste vorsichtig sein beim Zubeißen, dass der ganze Senf nicht gleich wieder auf der Seite herausspritzte. Der Duft der warmen Köstlichkeit stieg ihm in die Nase, da platzte plötzlich Max ins Büro herein. »Boah, hab ich Hunger!«

So schnell konnte Fritz Fäustl gar nicht reagieren, wie Max auch schon eine der Semmeln von seinem Schreibtisch gegriffen hatte.

»Seit heute Morgen hab ich's nimmer g'schafft, was zwischen die Zähne zu bekommen!«

»He, was soll'n des?!«

»Mundraub ist nicht strafbar!«, grinste Max ihn an.

»Was is'n mit deiner Hand passiert?« Fäustl hatte den frischen Verband entdeckt.

»Automatenkaffee. Blöde G'schicht. Wo sind die Bichler-Söhne?«

»Warten draußen.«

Max biss in seine eben erbeutete Semmel. Brauner Senf quetschte sich an der Seite heraus. »Kruzinesn!« Auf seinem Hemd war ein riesiger Fleck.

Der Fäustl lachte schadenfroh: »Kleine Sünden bestraft der liebe Gott sofort!«

»Es reicht!« Max schlug mit der eingebundenen Hand auf den Schreibtisch, was zur Folge hatte, dass jetzt der brennende Schmerz in seinen Fingern wieder ausbrach und ihn wimmernd durch das Büro japsen ließ. Heute war definitiv nicht sein Tag! Hand hinüber, Hemd und Hose eingesaut von Maschinenmokka und Senf.

Fritz Fäustl folgte den Bewegungen des zappelnden Rumpelstilzchens. »Spinnst jetzt komplett?«

»Irgendwer da oben hat heut was gegen mich, ich schwör's dir!«

Fäustl sagte nichts mehr und schob sich seine Leberkässemmel in den Mund. Wäre er allein gewesen, hätte er nun mehrere Laute des Wohlbehagens von sich gegeben, aber die Anwesenheit des Kollegen mit schmerzverzerrtem Gesicht hielt ihn davon ab.

»Also bestell's jetzt bitte rein, die zwei!«

»Kann ich vielleicht noch aufessen?«, fragte Fritz provokant, der seine Mittagspause dahinschmelzen sah.

»So wie ich dich kenn, is des in weniger als einer Minute erledigt!«

Die beiden sahen sich an, der eine strafend und der andere auffordernd. Fäustl griff nach der restlichen Semmel, biss einige Male ab und öffnete schließlich die Tür.

»Schickt's die Bichler-Brüder bitte rein!«, rief er kauend auf den Gang. Max hatte inzwischen am Schreibtisch Platz genommen. Fritz Fäustl schluckte die letzten Happen hinunter und wartete am Eingang auf die Besucher.

Langsam näherten sich zwei Gestalten dem Büro. Korbinian und Franz wirkten sehr ruhig und gefasst, als sie eintraten. Fäustl bot ihnen zwei Stühle an, blieb aber selbst stehen.

»Vielen Dank fürs Kommen!«, eröffnete er das Gespräch.

Ohne Umschweife richtete Max nun das Wort an die beiden: »Noch mal mein herzliches Beileid zum Tod eurer Mutter.« Er hatte sich bereits eine Taktik überlegt. In diesem Gespräch musste Max klar die Chefposition beziehen. »Was ist gestern Nachmittag noch passiert, als ich euren Gasthof verlassen hatte?«

Keiner antwortete. Korbinian wollte ihm anscheinend nicht ins Gesicht sehen, wich mit seinen Augen aus und richtete den Blick auf die Knie, während sein Bruder eine Hand auf den Bauch legte und langsam seine Atemzüge gleiten ließ. Jetzt schloss er sogar die Augen, aber dann sagte er etwas: »Gleich!« Nur dieses eine Wort kam aus Franz' Mund.

Max und Fäustl wechselten einen verständnislosen Blick.

Franz zog nun deutlich hörbar große Mengen Luft durch die Nase ein und ließ sie, verbunden mit einem lauten Sch-Geräusch, zwischen den Zähnen wieder entweichen.

Ungeduldig trommelte Max mit seinen Fingern auf der Schreibtischplatte herum: »Franz, was machst du denn da?«

»Sprechtechnik!«, antwortete Franz Bichler konzentriert und knapp.

Nach dem Gestottere gestern Abend wollte Franz nun anscheinend eine bessere Figur machen. Darauf hätte Max auch wirklich allein kommen können.

Zehn Atemzüge später öffnete Franz wieder seine

Augen und begann flüssig zu sprechen. Bedächtig bildete er jedes seiner Wörter: »Können wir bitte erst über was anderes reden. Des mit der Mama nimmt mich im Augenblick zu stark mit.«

Korbinian sprang ihm durch ein Nicken zur Seite, denn auch ihm fiel es offenbar schwer, dieses Thema anzuschneiden.

»Gut«, antwortete Max. »Euer Vater starb keines natürlichen Todes. Versucht's bitte, euch genau daran zu erinnern, was er getan hat, bevor er in die Stiftskirche ging.«

Franz sah zuerst Korbinian und danach Max Kramer an. »War's denn jetzt ein allergischer Schock?«

»Das sag ich euch später noch. Versucht euch jetzt bitte im Detail an gestern Mittag zu erinnern.«

»Wir haben beide auf unserer Terrasse gearbeitet. Papa is drinnen g'sessen neben der Schank und hat die Wochenendausgabe vo' der Zeitung g'lesen.« Franz' Worte klangen eintönig. Er konzentrierte sich deutlich auf seine erlernte Sprechtechnik.

»Des macht er jeden Sonntagmittag vor der Kircha!«, ergänzte Korbinian. »Also, hat er immer g'macht«, verbesserte er sich.

»Und sonst? Was hat euer Vater dann getan? Hat er sich mit irgendwem unterhalten?«

Franz fühlte sich weiter angesprochen.

»Mei, d'Mama hat mit ihm noch zu Mittag gegessen, und danach is er in den Gottesdienst 'gangen, wie jeden Sonntag.«

»Was haben sie gegessen?«

»Keine Ahnung. Der Korbinian hat's ihnen gebracht.«

»Lüngerl mit Kartoffelbrei war des! Weil er es mit dem

Beißen von de' Semmelknödel nicht mehr so ganz hat«, kam es von Korbinian wie aus der Pistole geschossen. »Also, ich mein, gehabt hat«, verbesserte er sich erneut.

»Haben beide das Gleiche bekommen?«

»Ja. Wie jeden Sonntag. D'Mama hat dann noch an Kaffee getrunken und da Papa sein' obligatorischen Tee mit vier Löffel Zucker«, sagte Franz bereitwillig.

Das Stichwort! Da war es.

»Wie jeden Sonntag?«, fragte Max.

»Wie jeden Sonntag!«, kam als Antwort.

*

Maria Evita kniete im spirituellen Zentrum Altöttings, vorne am Altar der Schwarzen Mutter Gottes im Allerheiligsten der Gnadenkapelle. Der wiedergefundene Rosenkranz umschlang ihre kalten Finger.

In ihrem Inneren kämpfte gerade das »Gegrüßet seist du, Maria« gegen eine englische Punkband. Sie musste beten, und sie wollte beten, trotzdem schoben sich die Textzeilen »See that trendy there, she used to be a punk. Now she's off to the disco to listen to junk« zwischen ihre meditativen Andachtsversuche. Sie legte ihr Gesicht in ihre Hände und schloss die Augen.

»Es tut mir so unendlich leid, denn ich habe schwer gesündigt. Allerhöchste Mutter, bitte sei meine Fürsprecherin, dass Gott mir verzeiht!«

Um sie herum herrschte die Ruhe selbst, und die Musik in ihrem Gehörgang verstummte allmählich. Neben der Nische, in der die schwarze Marienstatue stand, knieten zwei silberne Figuren, ein Prinz und ein Mönch, ebenfalls tief ins Gebet versunken. Alles konzentrierte sich in diesem kleinen, achteckigen Raum auf das Zentrum, die »Patrona Bavariae«.

»Die Tür ist ganz von selbst aufgesprungen, und es war nicht die pure Neugier, die mich dahin geführt hat«, erklärte Maria Evita ihr Handeln. »Du hast es mir doch gezeigt. Nicht wahr? Was soll ich damit jetzt tun? Sag es mir bitte.«

Zwischen ihren Händen und dem Rosenkranz hielt sie einen gefalteten Zettel.

»Verzeih mir den Diebstahl. Ich habe die Kiste geöffnet und das Blatt mitgenommen. Es gehört mir nicht, aber wie soll es nun weitergehen?«

Erwartete sie wirklich eine Antwort? Nichts bewegte sich. Kein Laut und kein Zeichen störten den Altöttinger Frieden.

»Her boyfriend was a skinhead! He used to shout Oi! Oi!« Ihre Züge froren ein. Die Punkband startete in ihrem Schädel ein Open Air. Warum schon wieder dieses Lied?

Rosenkranz und Papier verschwanden im Habit. Maria Evita stand auf und verließ die Kapelle. Die heilige Mutter Gottes war anscheinend gerade in die Mittagspause verschwunden. Vielleicht war sie ja später zu einem Gespräch bereit.

Vor dem kleinen Ausgang, der sich aus dem Allerheiligsten zum Bogenumgang der Kapelle schlängelte, wurde sie von der Sonne begrüßt und einer Gruppe älterer Pilgerinnen, inklusive der obligatorisch geschulterten Kreuze. Rushhour!

Sie faltete den Zettel auseinander und besah ihn sich nochmals im Tageslicht. Es war die Fotokopie einer Handschrift.

»Im Vollbesitz meiner geistigen und körperlichen Kräfte erkläre ich hiermit meinen letzten Willen«, begann die erste Zeile. Das Testament des alten Bichler! Korbinian hatte versucht, es verschwinden zu lassen.

Doch wo war das Original abgeblieben?

In verständlichen Worten entschuldigte sich der alte Bichler-Vater im ersten Absatz bei seiner Familie für seine Verfehlungen, dann bei seinem Neffen, dem Michi. Der Besitz sollte an seine Frau und die Kirche übergehen.

»Sacklzement!« Maria Evita fühlte ihr Herz immer schneller pochen. An dem Tratsch ihrer Tante war doch mehr dran, als sie zuerst hatte glauben wollen. Aber der alte Bichler kam mit seiner »Es tut mir so leid«-Litanei einfach nicht zum Ende und wurde nie konkret.

Was tat ihm denn jetzt so leid mit dem Michi? Im zweiten Absatz war von ihm keine Rede mehr, sondern von einem armen Mädchen, das er schwanger hatte sitzen lassen. Dafür erflehte er die Vergebung Gottes. Sprach er jetzt von seiner Schwägerin? Dieses Wortgewirr war schwer zu begreifen. So klar der Anfang noch gehalten war, so undeutlich war im Gegensatz dazu der zweite Teil.

»... und, wenn dir dann auch Gott verzeiht, auf Erden sei vermaledeit!«

Was sollte denn der Satz jetzt bedeuten? Maria Evita riss ihre Augen auf. Ein Zitat? Das war ganz klar aus Goethes »Faust«, erster Teil. Sie stutzte. Einen Intellektuellen im alten Bichler zu finden hätte sie als Letztes vermutet.

»Gott sei meiner Seele gnädig!«, las sie weiter. »Ich hoffe, er verzeiht, denn ich bin demütig in meiner Schuld. So verzeih mir auch du, Petronilla Schosi.«

Sacklzementhalleluja! Maria Evitas Atem stockte, sie fühlte sich, als würde ihr der Boden unter den Füßen weggezogen. Das schwangere Mädchen war Fräulein Schosi!

»Schwester Maria Evita!«, hörte sie plötzlich eine Stimme hinter ihrem Rücken. Der unverkennbare Schosi-Bass! Eine Welle des Erschreckens lief durch ihren Körper. Schnell zerknüllte sie das Blatt und ließ es wieder in ihrer Tasche verschwinden.

»Ach, Fräulein Schosi!« Maria Evita versuchte sich nichts anmerken zu lassen.

»Ich muss mit Ihnen reden, Schwester. Gerade eben bin ich aus dem Krankenhaus rausg'schmissen worden, weil angeblich keine Besuchszeit ist und ich zu viel Tee dabeihab. Stellen Sie sich das mal vor! Ich bin noch ganz außer mir.«

Fräulein Schosi hatte an ihrem Kopf eine Ader, die bei Zorn immer wieder anschwoll. Jetzt drohte diese fast zu bersten. Ein untrügliches Zeichen, dass sie wie ein Topf kurz vor dem Überkochen stand.

»Um Himmels willen! Sie sollten sich nicht so aufregen! Ihr Herz!« Maria Evita konnte sich an viele Schosi-Wutausbrüche erinnern, aber so schlimm war es noch nie gewesen.

»Kommen S', setzen wir uns dahin!« Sie deutete auf eine der Nischen im Bogenumgang vor der Kapelle. Fräulein Schosi nahm bereitwillig Platz.

»Dieses Luder von gestern Abend hat mir den Weg versperrt. Alle Schwestern sind auf mich los, weil sie zum Weinen ang'fangen hat.«

Maria Evita biss sich auf die Zähne. Das klang schwer nach verspäteter Rache.

»Fräulein Schosi, der Monsignore wird sicher bald entlassen, dann können Sie sich zu Hause wieder um ihn kümmern.«

»Die machen ihn noch kaputt da in dem Krankenhaus!« Fräulein Schosi kramte ein Papiertaschentuch hervor, um ihre feuchten Augen zu trocknen. Es waren keine wirklichen Tränen, aber das Gemisch aus Wut und Sorge ließ sie sentimental werden. »Ich fühl mi' so hilflos, Schwester!«

Maria Evita hatte zum ersten Mal, seit sie sie kannte, Mitleid mit Fräulein Schosi.

Langsam legte sie ihren Arm um ihre Schultern, und Fräulein Schosi ließ es schweigend geschehen.

VIII. Du sollst kein falsches
Zeugnis geben.

In der Kriminalpolizeistation wurde es Zeit, zum Wesentlichen zu kommen, fand Max.

»Wie war denn euer Verhältnis untereinander?«, fragte er Franz und Korbinian Bichler.

»Redest du jetzt davon, wie sich mein Bruder und ich uns ... verstehen?«, kam es verständnislos von Franz auf der anderen Seite des Schreibtisches zurück.

»Nein. Umreiß bitte für mich, wie ihr zu eurem Vater standet.«

»Ja, mei ... wie man halt zu seinem Vater steht!« Franz zuckte mit den Schultern.

»Was soll man denn darauf bitte sagen?«, fügte Korbinian provokant hinzu.

Max ließ sich nicht aus der Ruhe bringen. »Beantworte einfach meine Frage!« Er sah die Brüder auffordernd an, die daraufhin einen vielsagenden Blick wechselten.

Korbinian entschied sich als Erster zu antworten: »Gut. Wir haben uns gut verstanden. Er war immer für uns da und hat uns unterstützt, wo er nur konnte. Reicht das?«

»Euer Cousin Michi erzählt aber etwas völlig anderes.«

Als Michis Name fiel, vergrub Franz sein Gesicht in den Händen.

Max fingerte in seiner Jackentasche nach dem Diktiergerät, griff zum Stapel für das Schreibbüro und legte das Band vom Vortag nochmals ein. Er ließ es zurückspulen, drückte den Wiedergabeknopf und stellte das Gerät demonstrativ in die Mitte des Schreibtisches.

Zuerst war nur ein Rascheln zu vernehmen, doch plötzlich, wie aus weiter Ferne, hörten die Anwesenden Max' Stimme: »Bloß wegen der Gaudi gibt man aber seinem Cousin keine mit. Oder ist des bei euch in der Familie so der Brauch?«

Es war das Gespräch mit dem Michi am Tag zuvor auf dem Kapellplatz. Je länger es andauerte, umso mehr sanken die Bichler-Brüder in sich zusammen.

Fritz Fäustl beobachtete im Stehen jede noch so kleine Reaktion. Franz blieb erstaunlich ruhig, während Korbinian bei Michis Schilderungen über seinen Vater nur mühsam die Fassung behielt. Seine linke Hand krampfte sich zu einer Faust zusammen, die er dann unvermutet wieder locker ließ. Dieser Vorgang wiederholte sich ein paarmal.

»Arschloch!«, zischte er kaum vernehmbar, als das »Hörspiel« beendet war.

Max wartete einige Sekunden. Im Büro breitete sich eine konzentrierte Stille aus.

»Wer hat ihm den Tee gekocht?«

»Bitte?« Korbinian sah auf. »Was soll das denn jetzt?«

»Antworte einfach!«

»Der Schankkellner, d'Mama, unser' Spülhilfe …

keine Ahnung. Der, der halt grad Zeit g'habt hat«, sagte er ungehalten.

»Euer Vater hat jeden Sonntag nach dem Essen einen Tee getrunken. Das habt ihr mir vorhin genau so zu Protokoll gegeben. Vielleicht strengt ihr euer Erinnerungsvermögen jetzt etwas mehr an, und dann sagt ihr mir, wer ihm gestern den Tee verabreicht hat.«

Donnernd klatschte Korbinians flache Hand auf den Schreibtisch: »Zum allerletzten Mal: Ich weiß es nicht!«

»D'Mama ... Gestern war es die Mama.« Franz sprach ganz leise, ohne jede Regung. Fast wirkte es, als würde er selbst nicht genau wissen, was er da von sich gab.

Max spitzte die Lippen und drehte seinen Kopf in Richtung Fritz Fäustl. »Ihr habt doch beide nix dagegen, wenn wir uns jetzt in eurem Gasthof ein bissal umschau'n?«

»Wenn's sein muss, bitte.« Korbinian nickte. Franz verharrte weiterhin in seiner Sitzstarre.

»Franz, hast du was einzuwenden?«

Er schreckte hoch, als das Wort an ihn gerichtet wurde. »Nein, natürlich nicht«, kam es fast zeitlupenartig aus ihm heraus.

Daraufhin öffnete Fritz Fäustl die Tür und deutete nach draußen auf den Gang. »Darf ich bitten? Wir fahren hinter Ihnen her!«

»Eines noch«, sagte Max, als die Bichler-Brüder aufstehen wollten. »Wo befandet ihr euch eigentlich gestern Abend, als eure Mutter verschwunden ist?«

Franz' und Korbinians Mienen verwandelten sich zu starren Masken. Jegliche Farbe war ihnen mit einem Mal aus dem Gesicht gewichen. Sekundenlang geschah nichts. Dann begann Korbinian ängstlich von einem Bein zum anderen zu wippen.

»D'Mama hat g'sagt, sie muss noch was erledigen. Und dann ... des war scho' irgendwie merkwürdig, dann hat sie irgendwas davon g'sagt, dass wir alle unser bisheriges Leben hinter uns lassen. Des war des Letzte, was wir von ihr mitbekommen haben. Sie is von der Brotzeit aufgesprungen und hat uns allein zurückgelassen.«

»Ihr habt sie einfach so gehen lassen? War noch wer dabei?«

»Was soll denn diese scheiß Fragerei? Wir waren allein, Herrgott verdammt noch mal! Oder macht ma nach dem Tod des Vaters gleich a Fest mit de' Angestellten, Herr Kramer?!« Der Knoten war geplatzt.

Franz versuchte Korbinian zu beschwichtigen. Er griff beruhigend nach der Hand seines Bruders und bekam diese auch zu fassen. Doch Korbinian war so erregt, dass er sich losriss und demonstrativ seine Arme vor dem Bauch verschränkte.

»Meine Herren, wir fahren jetzt nach Altötting!«, beendete Fritz Fäustl die Vernehmung.

*

Fräulein Schosi war nach Hause gegangen. Sie wollte ein Beruhigungsbad nehmen und ihr geliebtes Mendelssohn-Oratorium in den CD-Player einlegen. Singend konnte sie sich zurück in den Zustand des Wohlbefindens plantschen.

Maria Evita hatte es nicht gewagt, Fräulein Schosi auf die Affäre mit dem alten Bichlerwirt anzusprechen.

Ihr fehlte jeglicher Mut. Immer wieder stellte sie sich die Frage, warum ausgerechnet sie zur Mitwisserin eines großen Altöttinger Geheimnisses geworden war.

»Herr, was lädst du auf meine Schultern?«, fragte sie, als sie aus der Gnadenkapelle ins Freie trat.

Nervös klopften ihre Finger die Schläfen ab, und der Drummer der Punkband gab den Einsatz: »Her boyfriend was a skinhead! He used to shout Oi! Oi!«

Der Ohrwurm war nicht mehr zu unterdrücken. Anstatt aber diesmal ihren Zustand mit den bittersten Schimpfwörtern zu bedenken, sprach sie den Text des Songs mit und musste dabei zwangsläufig an Max denken. Es wirkte wie ein Startknopf. Schnellen Schrittes rannte sie am Devotionalienhandel Unterprammer vorbei und bog zum Hintereingang ab. Der war selten abgeschlossen, und ein paar Treppenstufen später befand sie sich wieder in der Küche ihrer Tante. Die Kaffeetassen von heute Mittag standen noch auf dem Tisch. Tante Traudl hatte wieder Posten hinter der Kasse ein Stockwerk tiefer bezogen.

In dieser letzten Stunde war alles anders geworden. Wie hatte sich nur eine kleine Welt in kürzester Zeit so auf den Kopf stellen können?! Max!

Gott sei Dank hatte sie die Visitenkarte parat. Ihre Hand griff zum Telefon, das unter der neu dekorierten Pinnwand stand, und wählte die Nummer seines Mobiltelefons.

»Kramer!«

»Max, ich muss dir dringend was sagen. Aber am Telefon ist's schlecht. Wann bist du wieder in Altötting?«

»Gerade auf dem Weg dorthin.«

»Können wir uns irgendwo treffen?«

»Später gerne, jetzt geht auf keinen Fall.«

»Max, es ist wichtig!«

»Komm in zwei Stunden ins Hotel zu meinen Eltern. Jetzt kann ich leider wirklich nicht!«

Es klickte in der Leitung. Maria Evita ließ den Hörer sinken. Sie wollte das Testament loswerden. Ihm konnte sie es anvertrauen.

Manchmal wünschte sie sich ihre Kindheit zurück. Wie simpel war das Leben damals. Kinder wollten erwachsen sein und Erwachsene oft wieder Kinder. Früher war ihr das Dasein einfach und geplant erschienen, und sie hatte keine Verantwortung übernehmen müssen. Geborgenheit und Struktur waren selbstverständlich. Sie vermisste diesen Zustand.

Fast sentimental besah sich Maria Evita einen Artikel an der Pinnwand. Bundesjugendspiele. In dem Jahr war ihr, noch als Vevi Unterprammer, eine Ehrenurkunde überreicht worden. Maria Evita musste schmunzeln. Beste der Altersklasse im 100-Meter-Sprint. Die Erinnerung wirkte nicht mehr ganz real. Ein Schleier trennte die unterschiedlichen Zeitphasen von Jugend und Kloster. Aber diese Zeit war vorbei, das war nicht mehr sie.

Mit einem energischen Ruck riss sie den Zeitungsausschnitt aus seiner Reißnagelverankerung, als wollte sie endlich von ihrem früheren Leben Abschied nehmen. Gelb und brüchig war das Papier über die zurückliegenden Jahre geworden, die Schrift verblasste bereits an manchen Stellen. Die Rückseite hingegen, die nie von der hereinfallenden Sonne beschienen worden war, war immer noch gestochen scharf zu erkennen.

Ein großes Schwarzweißfoto befand sich darauf. Kein Text, nur Bild. Der Papierfetzen zeigte eine Fahne, den Rest hatte Tante Traudls Schere eliminiert.

Auf dem Weg zum Abfalleimer verlangsamte sich Maria Evitas Gang, und wie von einem Blitz getroffen drehte sie den Bundesjugendspielartikel noch einmal um. Auf der Fahne war ein weißes Kreuz mit zwei Querbalken zu sehen, das auf einer Wolke schwebte. Das Patriarchenkreuz! Genau wie auf dem Mercedes in der Bichler'schen Garage. Das zweite Mal, dass sie an diesem Tag über jenes Zeichen stolperte. Sie überlegte kurz. Was hatte es damit nur auf sich?

*

Die ehrwürdige Mutter Oberin und ihre Mitschwestern verstanden die Welt nicht mehr. Seit einer geschlagenen Stunde war die Spurensicherung dabei, den zweiten Stock des Klosters auf den Kopf zu stellen. Männer in weißen Ganzkörperanzügen bevölkerten das Zimmer, aus dem Frau Bichler in der Nacht gestürzt war. Wie verlorene Pinguine standen die Nonnen auf dem Gang, unweit der Zelle von Maria Evita, und verfolgten durch die offene Tür jede Bewegung der Suchenden.

»Meine Ordnung! Bitte alles wieder so hinstellen wie davor!« Schwester Pia war offenbar kurz vor einem Nervenzusammenbruch, denn die Beamten dachten nicht daran, vorsichtig mit dem Inventar umzugehen.

Seit sie hier im Kloster als Apothekerin tätig war, hatte Schwester Pia nichts mehr weggeworfen. Man konnte alles irgendwann noch einmal brauchen. Landläufig wäre sie wohl als Messie bezeichnet worden, aber hier in diesen alten Mauern galt das als liebenswürdige Angewohnheit.

»Keine Sorge. Es hat alles seine Richtigkeit«, versuchte die Mutter Oberin sie zu beruhigen, aber Schwester Pia schüttelte nur vehement den Kopf. Vermutlich hatte sie wieder nichts verstanden, denn seit Jahren weigerte sie sich beharrlich, ein Hörgerät zu tragen.

»So ein Unglück! Ich werde nichts mehr finden. Meine Geräte, die alten Aufzeichnungen und die Gläser. Was ist, wenn noch was kaputtgeht?«

»Die Beamten haben sicher eine Sorgfaltspflicht.« Die ehrwürdige Mutter hatte absichtlich laut und deutlich gesprochen, denn auch die Polizisten sollten es mitbekommen, nicht nur Schwester Pia. Die Männer von der Spurensicherung zeigten trotzdem keine Reaktion, und auch bei der schwerhörigen Mitschwester war der Satz nicht wirklich angekommen.

»Ich verstehe immer noch nicht, wie Frau Bichler hier reingekommen ist. An der Pforte ist sie jedenfalls nicht vorbei. Ehrwürdige Mutter, ich habe meinen Platz nie verlassen!« Schwester Pia wirkte, als hätte sie Angst, dass ihr jemand eine Mitschuld am Tod der alten Bichler attestieren könnte.

»Das weiß ich doch. Es wird sich sicher bald alles aufklären, und dann kann wieder Ruhe einkehren.«

»Ehrwürdige Mutter«, schaltete sich nun auch Schwester Ignatia mit gesenkter Stimme ein. »Mir war gestern Abend einfach nicht wohl, sonst wäre ich, wie sonst auch, an der Pforte gesessen, und Frau Bichler wäre mir sicher nicht entgangen.«

Die Oberin musterte die Nonne: »Was wollen Sie damit sagen?«

»Nun, vielleicht hat unsere Mitschwester Pia etwas übersehen oder es schlichtweg vergessen. Sie wissen doch um ihren Zustand.« Schwester Ignatia deutete kurz mit einem abschätzigen Kopfnicken auf Schwester Pia, die die weißen Männer nicht aus den Augen ließ.

»Sie ist fast taub, hat aber definitiv kein Alzheimer!«, erwiderte die ehrwürdige Mutter energisch.

Die Männer von der Spusi wurden unterdessen langsam ungeduldig. Sie suchten nach der Nadel im Heuhaufen. In diesem Gewirr war niemandem klar, was dienlich sein konnte und was einfach nur Schrott war. Spuren zu finden sowie zu sichern grenzte hier an Sisyphusarbeit.

Die Pinguine vor der Tür waren dabei keine Hilfe. Hauptsächlich standen sie im Weg. Wie bei einem Tennisspiel wanderten ihre Köpfe hin und her, wenn ein Beamter vorbeiging, und oft bedachten sie ihn auch noch mit einem nervenden Kommentar. Der Spusi-Toni, der mit seinen Männern immer wieder vielsagende Blicke darüber austauschte, wünschte den Nonnen den plötzlichen Herztod. Oder eher doch nicht, denn dann hätte er ja plötzlich noch ein Problem!

»Ich hab was!«, meldete sich ein kleiner Mann in Weiß zu Wort, der in der hinteren Ecke kniete. Dort stand ein Bett, unter dem in heillosem Durcheinander Kisten, Decken und Büchsen verschiedener Größe lagerten.

Alle Köpfe drehten sich in seine Richtung. Mit einer Digitalkamera knipste er schnell den Fund. Blitzlicht erhellte das Zimmer, dann stand er auf. In seiner Hand befand sich ein länglicher Gegenstand. Triumphierend reckte er das Ding in die Höhe, wie die Freiheitsstatue ihre Fackel.

Da kam auch schon der Spusi-Toni auf ihn zu und raschelte mit einer Plastiktüte.

»Mein Pürierstab!«, stieß Schwester Pia aufgeregt aus.

»Da klebt überall Blut dran«, erklärte der Finder der wartenden Menge.

»Blut?« Die Mutter Oberin sah die Beamten ungläubig an.

»Na ja, danach suchen wir ja die ganze Zeit«, erklärte der Spusi-Toni. »Die Tote ist vor dem Sturz hier oben mit einem stumpfen Gegenstand malträtiert worden.«

»Bitte wieder in die linke Schublade zurücklegen!« Schwester Pia deutete mit ihrem Zeigefinger auf eine hölzerne Kommode neben der Tür. Ihr Kommentar erntete verständnislose Blicke vonseiten der Suchmannschaft.

»Links oben!«, ergänzte sie freundlich.

Die Mutter Oberin seufzte und griff nach Schwester Pias Schultern. »Die Beamten werden Ihren Pürierstab mitnehmen müssen!«, erklärte sie langsam und deutlich.

Schüchtern hob Schwester Ignatia von der Pforte ihren Arm, als wolle sie sich in einer Schulklasse zu Wort melden. »Sie müssen bitte verzeihen: Unsere Mitschwester ist etwas schwerhörig.«

Die Beamten nickten verständnisvoll und machten sich weiter daran, den Raum zu durchforsten.

»Oder leidet an Alzheimer«, fügte Schwester Ignatia flüsternd hinzu.

»Aber mein Pürierstab ...«, jammerte Schwester Pia.

»Sie bekommen einen neuen.« Hoffentlich war das Thema damit erledigt.

Der Spusi-Toni musterte indessen den langen Aufsatz in der Plastiktüte. »Der muss ordentlich zugedroschen haben«, sagte er. »Schaut mal, Spitze und Messer sind ganz verbogen.«

»Alle Achtung! Da war richtig Zug dahinter«, zollte der Entdecker dem unbekannten Schläger seinen Respekt.

»Das kann man abwaschen und mit einem Hammer wieder zurechtbiegen!«, mischte sich Schwester Pia aus dem Hintergrund erneut ein.

Ein weiterer Stoßseufzer überkam die Mutter Oberin. Manchmal, aber eben nur manchmal, wünschte sie sich in solchen Momenten zur Mission in die Karibik. »Wir kaufen morgen einen neuen. Versprochen!«

»Es scheint so«, der Spusi-Toni wandte sich wieder an die Nonnen, »als hätte der Täter den Raum fluchtartig verlassen und nicht mal mehr Zeit gehabt, das Tatwerkzeug zu beseitigen.«

»Wir waren doch alle gleich vor Ort nach dem Schrei!«, erklärte Schwester Ignatia. »Wir hätten ihn doch bemerken müssen!«

»Erklären Sie das bitte dem Kommissar Kramer, der will nachher noch vorbeikommen. Wir sichern nur die Spuren.«

Die weiße Männerschar machte sich ans Zusammenpacken.

Just in diesem Moment begann Schwester Pia in dem Chaos auf und ab zu schreiten und dabei ihren Rosenkranz wie ein Pendel zu schwingen.

»Engel, lasst reinigendes Licht in dieses Zimmer fließen! O Maria, hilf!«, flötete sie, während sie ihre Gebetskette kreisen ließ.

Der Spusi-Toni schenkte der Mutter Oberin ein mitleidiges Augenzwinkern: »Mit der machen S' was mit!«

IX. Du sollst nicht begehren deines Nächsten Frau.

So leise hätte er gar nicht sein müssen, denn bis wieder jemand nach Hause kam, würde noch reichlich Zeit verstreichen. Aus der Küche drang das Surren des großen Kühlschranks und begleitete seine schleichenden Bewegungen. Wie der Requisiteur eines Theaters drapierte er seinen Trumpf.

Hier lag er auf alle Fälle gut. Für jeden Hereinkommenden sofort ersichtlich. Das Papier würde seine Wirkung tun und ihn einen Schritt näher ans Ziel bringen. Jetzt war er einmal an der Reihe, Glück zu haben. Es stand ihm zu! Man musste das Ass strategisch ausspielen. Für ihn hieß das: jetzt!

Niemand war im Gasthof. Eine fast gespenstische Stille, nur unterbrochen von den Kühlgeräuschen aus der Küche nebenan, lag über dem sonst ständig bevölkerten Raum. Er war mit dem Zweitschlüssel hereingekommen. Jeder aus der Familie wusste, wo er lag. Schon immer.

Michi setzte sich an einen der Gasttische und besah sich die Wände. Mehrere Hirsch-Schädel mit Geweih und Bilderrahmen voll kitschiger, gemalter Voralpenlandschaft stachen dem Besucher ins Auge. In der Ecke war ein Herrgottswinkel eingerichtet. Die Jesusfigur an dem großen Kreuz blickte auf den Tisch herab. Hier war sein Onkel immer gesessen und hatte die Tageszeitung gelesen. Es stank nach kaltem Weihrauch. Als Kind hatte er diesen Platz nicht gemocht. Es war aber weniger der Platz an sich, der ihm Unbehagen bereitete, als die damit verbundene Erscheinung seines Onkels. Möge er in der Hölle schmoren!

Hätte das Kreuz nicht einmal herabstürzen und den Alten erschlagen können? Viel Leid und Ärger wäre so den Menschen in seiner Umgebung erspart geblieben!

Hier wollte er auf den Korbinian und den Franz warten. Nichts sagen und dann, wenn sie geschockt auf das Testament blickten, seine Forderungen stellen. Das war der optimale Zeitpunkt. Sie wussten, dass er das Original besaß, in dem ihnen ihr Vater nichts vermachte, sondern alles an die Kapellstiftung Altötting fiel.

Seine inzwischen verstorbene Mutter war für den Fall der Fälle vom alten Bichler als Nachlassverwalterin eingesetzt worden, vielleicht um sein Gewissen zu beruhigen und ihr verspätet doch noch einen Gefallen zu tun. Dafür hatte er noch zu ihren Lebzeiten eine kleine Summe aus der Portokasse auf ihr Konto überwiesen. Aber seine Cousins waren bankrott, wenn das Testament bekannt wurde.

Bankrott stimmte nicht ganz. Den maroden Gasthof sollten sie ja erhalten, gemeinsam mit ihrer Mutter, aber alle wertvollen Grundstücke und das Bargeld bekam die Kirche. Damit wurden sie so gut wie handlungsunfähig, und ihre Existenzgrundlage würde den

Bach runtergehen, denn an eine Investition ohne Sicherheiten war nicht mehr zu denken.

Aber das musste ja nicht sein. Gegen einen gewissen Betrag würde er sich sein Schweigen erkaufen lassen und das Testament vernichten.

Wer's glaubt, wird selig! Er würde es selbstverständlich aufbewahren. Man wusste ja nie, was noch kommen würde. Er, der ungeliebte dritte Sohn, dem nach dem Tod des alten Bichler nur dessen Entschuldigung blieb. So klug war er gewesen, die Vaterschaft niemals anzuerkennen und auch in seinem letzten Willen nicht davon zu sprechen.

So stand er auch diesmal mit leeren Händen da. Seine Mutter hatte vor Jahren, im Sterben, alles gebeichtet und ihn beschworen, das Leben seiner Tante nicht zu zerstören. An ihrem Totenbett hatte er sein Schweigen versprechen müssen. Aber ihm war von diesem Zeitpunkt an einiges klargeworden. Das Verhalten seines Onkels gegenüber seiner Schwägerin und ihres gegenüber ihrem Schwager, die Distanziertheit des Mannes, von dem er immer geglaubt hatte, dass er sein leiblicher Vater sei, und diese frappierende Ähnlichkeit zu seinen Cousins. Alles war eine Lüge! Sein Leben und das der ganzen Familie. Gerechtigkeit! Jetzt sollte es so weit sein. Entweder bekam jeder etwas vom Bichlerkuchen oder eben niemand.

Die Bilder ringsum an den Wänden zeigten röhrende Hirsche im Frühling. Wasserfälle und Rinnsale schlängelten sich sprudelnd an Bergdörfern vorbei. Oft war unter solch einer Idylle schon der Satz gefallen: »Mei, is ned schee bei uns in Bayern!« Die patriotischen Besucher und auch die Touristen fühlten sich gleich wohl im

Bichler'schen Haus, das bayerische Gemütlichkeit ausstrahlte. Sie hatten ja keine Ahnung, wie es hinter der Fassade aussah. Außerdem sollten die Betrachter durch den Anblick dieser sonnigen Flüsse nur zum Trinken animiert werden und durch die heile Welt, die sie umgab, zum Verweilen. Das bedeutete für jeden Wirt: mehr Umsatz!

Als Michi die blauen Gewässer studierte, drückte ihn allerdings auf einmal die Blase. Na gut, es war ja noch Zeit. Schnell sprang er durch den Gastraum in Richtung Küche. Hinter dem Kühlschrank lag die Personaltoilette.

Er schloss von innen nicht ab. War eh niemand da, der ihn stören könnte.

Fast im selben Moment, in dem sein Strahl das Porzellanbecken traf, öffnete sich vorne im Eingangsbereich die Türe, und vier Personen traten ein. Fritz Fäustl ging voran. Max Kramer und er rahmten die Bichler-Söhne ein, die in geduckter Haltung ihren Gasthof betraten. Fäustl hatte mit den Leuten von der Spusi vereinbart, dass sie umgehend nach der Klosteruntersuchung hier aufschlagen sollten. Außerdem sollten alle abkömmlichen Kollegen von jetzt an nach und nach zu ihnen stoßen. Seit dem Befund mit dem tödlichen Tee hatte die Staatsanwaltschaft für alle notwendigen Durchsuchungen grünes Licht gegeben.

Michi bekam von dem Einmarsch nichts mit. Das Kühlschrankgeräusch übertönte in der Kabine jeden Schritt und jedes Wort, das in der Gaststube von sich gegeben wurde. Akustisch war er völlig abgeschirmt.

»Wo sind Ihre Eltern mittags gesessen?« Fritz Fäustl sah sich um.

»Dahinten in der Ecke. Des war der Stammplatz von unserem Vater.« Franz Bichler deutete auf den Herrgottswinkel.

Die Gruppe schob sich durch den kleinen Gang zwischen Stuhlreihen und Tischen.

»Zefix!«, entfuhr es auf einmal Franz. Auf dem Tisch lag, unschuldig neben Salz- und Pfefferstreuer, ein Blatt.

Fritz Fäustl bemerkte den entsetzten Blick. »Was haben wir denn da?« Er griff nach dem Zettel und hielt ihn Max Kramer entgegen.

Max staunte nicht schlecht. Seine Augen überflogen die Handschrift.

»Das ist doch das Testament eures Vaters«, sagte er dann. »Scheint, als ob ihr da nicht besonders gut wegkämet.«

Franz nickte, aber nicht, weil er diese Frage bejahen wollte, sondern weil er es nicht fassen konnte, mit welcher Dreistigkeit sein Cousin Michi hier hereingekommen war, um ihnen noch mal seine Überlegenheit in der Sache zu demonstrieren. Franz biss die Zähne zusammen und schloss die Augen.

»Der Michi, die alte Drecksau!«, schrie er, als sich seine Kiefer wieder entkrampft hatten.

Aus der Küche kam ein Geräusch.

»Immer mit der Ruhe! Wir wollen doch alle ned, dass des hier den Bach runtergeht, oder?« Michi trat, mit den Händen noch an seinem Hosenstall, in die Gaststube.

Die Männer drehten sich nach ihm um. Vier Augenpaare glotzten Michi an. Das waren zwei zu viel. Von dem Anblick vollkommen überfordert, ließ er seine Arme sinken, und ihm entglitt geistesabwesend ein »Fuck!«.

Franz und Korbinian hielt nun nichts mehr. Wie

Hunde, die von der Leine gelassen wurden, stürzten sie sich auf ihren Cousin. Eine ganze Tirade an Schimpfwörtern und Flüchen gossen sie über den Michi aus, während ihre Fäuste brutal auf ihn einhämmerten. Tische fielen. Franz zielte auf Michis Gurgel, bekam sie zu fassen und drückte zu. Panisch strampelte der mit den Beinen und warf einen Stuhl um, der genau auf Fritz Fäustls Knie knallte.

Max warf sich umgehend in die Familienkeilerei. Der Fäustl hinkte und versuchte sich durch Lautstärke Gehör zu verschaffen, was ihm aber nicht gelang.

»Hilf mir halt endlich!«, forderte Max ihn keuchend auf. Seine eingebundene Hand war ihm keine Hilfe.

Tatsächlich schaffte Fäustl es nach mehreren Versuchen, Korbinian an den Schultern zu greifen und ihn wegzuziehen. Da waren's nur noch zwei.

Michi konnte sich aus den Händen seines Cousins Franz erst befreien, als Max zu dessen Handgelenken griff und sie mit aller Kraft wegdrückte. Pause!

Jeder der fünf hatte vom Kampf Spuren davongetragen. Max' Hand brannte wieder wie Feuer. Innerlich explodierte er fast, aber nach außen hin musste er Ruhe und Souveränität ausstrahlen. Herr der Lage, Mann der Stunde! Durch ihn war die kurze, aber heftige Keilerei zu einem Ende gekommen. Schwitzend stand Max auf und betrachtete den nach Luft ringenden Michi.

»Bei euch isses anscheinend doch ein Familienbrauch, sich ständig eine aufs Maul zu dreschen!« Er hob einen Stuhl vom Boden auf, um sich zu setzen. Fassungslos besah er sich das Chaos. Alle Achtung! Da war soeben ganze Arbeit geleistet worden.

Die Bichler-Buben konnten darauf nicht antworten.

Langsam ließ der Testosteronspiegel in ihren Adern nach, und ihnen dämmerte, was sie angerichtet hatten.

»Im Vollbesitz meiner ...« Max las das Testament. Seine Augen klebten förmlich an jeder Zeile. Fritz Fäustl hob die Augenbrauen. Das ganze Bild, das er von Altötting gehabt hatte, wurde auf den Kopf gestellt.

Nach dem letzten Punkt legte Max das Blatt aus den Händen. Michis Atem hatte sich beruhigt, und er starrte ins Leere. Korbinian und Franz lehnten an der Wand.

»Ganz Altötting hat ein Motiv!« Max hätte seinen Arsch darauf verwettet, dass es beim alten Bichler kein Selbstmord war.

Fritz Fäustl hob die Autoschlüssel. »Sie begleiten uns. Alle drei!«

*

Hoffentlich hat sie die CD mit dem Mendelssohn-Oratorium noch nicht eingelegt!, dachte Maria Evita. Fast ekstatisch konnte Fräulein Schosi in der Badewanne ihren Sirenengesang anstimmen und die Welt um sich herum vergessen. Dann bestand keine Chance mehr, dass sie in der nächsten Stunde die Türe öffnen würde.

Maria Evita wusste selbst nicht so genau, was sie hier tat. Doch es ließ ihr keine Ruhe mehr. Je länger es her war, dass sie sich auf dem Kapellplatz von Fräulein Schosi getrennt hatte, umso mehr wuchs in ihr dieses bittere Gefühl. Es war nie gut, wenn man über einen Bekannten mehr wusste, als derjenige vermutete.

Vielleicht war es sogar ihre Pflicht dem alten Bichler gegenüber, seine Entschuldigungslitanei zu den Menschen zu tragen, für die sie bestimmt war. Seine Söhne hatten ja eher im Sinn, alles zu verbergen. Warum sonst wollten sie das Testament in der dunklen Garage verschwinden lassen? Maria Evitas Gewissen forderte nun, dass sie zur Überbringerin wurde.

Vor dem Haus von Monsignore Hirlinger herrschte Ruhe. Kein Fenster war geöffnet, und kein Laut drang in den Garten. Nichts störte den nachmittäglichen Frieden. Maria Evita konnte davon ausgehen, dass die musikalische Badeorgie noch nicht angefangen hatte. Gott sei Dank!

Sie klingelte. Zuerst wollte sie Fräulein Schosi fragen, ob sie sich vielleicht gemeinsam auf den Weg zu Monsignore Hirlinger ins Krankenhaus machen sollten, selbstverständlich während der offiziellen Besuchszeit. Dafür war ihr Fräulein Schosi sicherlich dankbar. Und dann würde sie ihr beiläufig erzählen, was sie entdeckt hatte. Ein guter Plan!

Stampfende Schritte näherten sich der Tür.

»Wer is denn da?«

»Ich bin's bloß!«

Fräulein Schosi drehte den Schlüssel im Türschloss um und drückte die Klinke. Als sich beide Frauen gegenüberstanden, gab es eine längere Pause. Jede legte ihre Stirn in Falten und versuchte im Blick der anderen zu lesen, was los war. Plötzlich brach es aus Maria Evita heraus: »Sie ham a Kind mit dem alten Bichler. Stimmt's?«

Oh mein Gott! Maria Evita war entsetzt. Wie konnte sie nur? Einzige Erklärung: Ihr Unterbewusstsein hatte sich verselbständigt. Der ganze schön zurechtgelegte Plan war dahin. Mit einem lauten Krachen schlug Fräulein Schosi die Eingangstür wieder zu. Diese Reaktion war nur allzu verständlich.

»Fräulein Schosi! Lassen Sie mich halt erklären ...« Maria Evita klopfte schüchtern an die Haustür. »Frau Bichler ist heute Nacht vor meinen Füßen verblutet. Lassen Sie mich bitte hier nicht so stehen. Ich hab da jetzt was g'funden, das ich Ihnen zeigen muss. Bitte! Ich wollt Sie keinesfalls erschrecken.«

Nichts rührte sich, obwohl Maria Evita hätte schwören können, dass Fräulein Schosi immer noch hinter der Tür stand und sich keinen Zentimeter wegbewegt hatte. Sie musste sie doch hören!

»Meine Nerven sind echt angegriffen. Ich habe hier sein Testament!« Wie den Schlusspunkt zu einer langen Rede setzte sie diesen Satz. Und er traf ins Schwarze. Die Tür öffnete sich wieder einen Spaltbreit.

Maria Evita griff in die Tasche ihres Habits und zog den zerknüllten Zettel hervor. »Hier. Er wollte sich bei Ihnen entschuldigen.«

Der Spalt wurde größer.

»Kommen S' rein!«

Maria Evita trat über die Schwelle und folgte Fräulein Schosi in die Küche im ersten Stock. Oben angekommen, ließ sie sich unaufgefordert auf einen Stuhl fallen, während Fräulein Schosi aus dem Fenster blickte. Beide hatten es vermieden, sich anzusehen, die Situation überforderte sie.

»Also hat es ihm doch leidgetan«, sprach Fräulein Schosi schließlich in die Leere des Fensterausblicks.

Maria glättete die Kopie. Sie las den Absatz über das Verzeihen vor, das »Faust«-Zitat und die Bitte des alten Bichler um Vergebung.

Fräulein Schosi murmelte etwas in den Raum: »Ich seh wahrhaftig schon die Zeit, dass alle brave Bürgersleut', wie von einer angesteckten Leichen, von dir, du Metze! seitab weichen.‹«

»Bitte?« Maria Evita konnte dem Schosi-Gemurmel nicht folgen.

»Des war aus Goethes ›Faust‹. Ich hab ihn damals g'fragt, ob er ›Faust‹ kennt. ›Nein‹, hat er mir geantwortet. Das war gelogen, wie fast alles an ihm. ›Faust‹ haben wir damals in der Schule lesen müssen. Und niemals hab ich dran gedacht, dass ich einmal das Gretchen sein werde. Er wollt des Kind nicht, und ich war doch no' so jung. Dann bin ich halt fort aus Altötting. Keiner hat was mitbekommen. Und wie ich dann vo' der ganzen Aufregerei mit ihm und meine Eltern und dem Gerede von de Leut' auf der Straß an Abgang g'habt hab, da bin ich dann halt wieder heim. Wir haben nie wieder ein Wort gewechselt. Außer vielleicht mal ein ›Grüß Gott‹ zwischen Tür und Angel, so als wären wir Fremde.«

Fräulein Schosi sprach leise, aber gefasst. Maria Evita fiel das Schlucken schwer.

»Mich hat er gar nicht wollen! Aber gewünscht hatte ich es mir. Eigentlich war ich Gott versprochen. Ihm wollte ich dienen und ins Kloster, aber er hat an mich hingebalzt, der alte Depp! Und wie ich nachgegeben hab, da war es dann zu spät. Nix mehr mit ihm, und nix mehr mit dem Kloster. Aber er hat nicht nur mein Leben zerstört. Schwester, das, was ich Ihnen jetzt sag, das bleibt unter uns. Das müssen Sie mir versprechen!«

Gebannt war Maria Evita der Erzählung gefolgt. Sie nickte.

»Ich hab ihm mehr als einmal den Tod gewünscht!«

Es war einer jener Augenblicke, während denen man eine Stecknadel fallen hören konnte.

»Tun Sie mir an Gefallen? Verlieren Sie in meiner Gegenwart nie wieder ein Wort über ihn.«

Fräulein Schosi griff zu ihrer Handtasche, die auf der Ablage neben dem Herd stand, und schüttete den gesamten Inhalt aus. Auf dem Tisch lag ein buntes Sammelsurium.

»Schwester, bitte kochen Sie uns einen von den Beruhigungstees mit dem grünen Etikett. Ich mach uns auch gern noch was vo' meiner Gemüsebrühe warm, die is ganz frisch. Es wird ned lang dauern, aber ich muss schnell aufs Häusl. Dann erzähl ich weiter.«

Sie verschwand auf den Gang. Maria Evita sah skeptisch auf den Haufen aus Teepackungen, Kölnischwasser, Kräuterlikör und einer kleinen Karte. Wie das Gipfelkreuz auf der Zugspitze leuchtete sie ihr entgegen. Ein Schauder ergriff sie, als sie sie in die Hand nahm und betrachtete. Auf der Karte stand handschriftlich: »Rot 2-mal, Grün 3-mal, Gelb vor dem Schlafengehen«. Aber das war nicht so wichtig, die Vorderseite machte ihr zu schaffen. Ein weißes Kreuz mit zwei Querbalken stand auf einer blauen Wolke vor rotem Hintergrund. Langsam glaubte sie an keinen Zufall mehr. Das Zeichen! Genau wie auf dem Mercedes und dem Zeitungsausschnitt.

Um ganz sicherzugehen, zog sie den Papierschnipsel von ihrer Tante hervor, strich mit ihren zitternden Fingern darüber und legte beides nebeneinander. Kein Zweifel!

Im Bad neben der Küche hörte sie Fräulein Schosi mit etwas hantieren. Heilige Mutter! Hatte Fräulein Schosi vielleicht wirklich etwas mit dem Tod des alten Bichler zu tun? Hatte sie eine Art späte Rache genommen? Sie traute sich gar nicht, den Gedanken zu Ende zu spinnen.

Maria Evita sprang auf, nahm Karte, Testament und Ausschnitt an sich und rannte nach unten zum Ausgang. Ohne sich zu verabschieden, wie eine Getriebene, öffnete sie die Haustür und begann zu laufen.

Sie ließ das Haus hinter sich und lief weiter und immer weiter. Erst als ihr schmerzendes Zwerchfell sie zwang, stehen zu bleiben, drehte sie sich noch einmal um. Das Haus des Monsignore lag bereits außer Sichtweite.

Karte, Zeitung. Zeitung, Karte, Zeichen. Zeitung ..., hämmerten die Schlagwörter in Maria Evitas Kopf. Zeitung! Petra ... Petra ... Petra Meier!

Keuchend versuchte sie die Geschwindigkeit von vorhin wieder zu erreichen, aber das schwere Seitenstechen machte ihr einen Strich durch die Rechnung. Da vorne stand das Hotel zur Post, nicht weit vom Unterprammer'schen Devotionalienladen, die Straße führte weiter direkt auf den Altöttinger Kapellplatz.

»Her boyfriend was a skinhead! He used to shout Oi! Oi!«

Maria Evita drückte ihre Handflächen auf die Ohrmuscheln, als wolle sie ihren Ohrwurm, der doch die letzte Stunde brav stillgehalten hatte, erdrücken. Sie schloss ihre Augen.

»Gegrüßet seist du, Maria, voll der Gnade ...«

Mist! Sie konnte sich jetzt nicht konzentrieren. Entweder wummerte ein Punksong in ihr, oder ein weißes Kreuz mit zwei Querbalken erschien auf ihrer Netzhaut, inklusive Wolke und rotem Hintergrund. Maria Evitas Nerven spielten mit ihr ein böses Spiel.

Das mysteriöse Zeichen war wichtig! Aber was bedeutete es?

Zeitung. Der *Alt-Neuöttinger Anzeiger* hatte sicher ein Archiv. Wenn es ihr gelänge, die vollständige Seite des Artikels über die Bundesjugendspiele von damals zu bekommen, wäre auch klar, was genau auf der Rückseite abgedruckt war und wozu das Kreuz gehörte. Dazu brauchte sie Petra Meier.

Zwei ältere Frauen gingen auf dem Gehsteig an ihr vorbei und erkundigten sich, ob es Maria Evita, die immer noch völlig außer Atem auf der Straße stand, auch wirklich gutginge. Sie zog die Mundwinkel auseinander, um ein Lächeln zu simulieren.

»Ich bin leider in Eile! Schönen Tag noch! Mir geht's gut. Wirklich. Sehr freundlich von Ihnen. Gott segne Sie!«

Die Fußgängerinnen ließen sich abwimmeln und setzten zufrieden ihren Weg fort.

Jetzt ratschen zu müssen, dafür blieb keine Zeit! Wenn sie die Meier noch in der Redaktion antreffen wollte, musste sie Gas geben.

*

Das Hauptgebäude des *Alt-Neuöttinger Anzeigers* lag an der Neuöttinger Straße. Sie musste also wieder ein Stück des Wegs zurück. Fort vom Kapellplatz in die entgegengesetzte Richtung und dann immer geradeaus. Maria schaffte es nicht, die gesamte Strecke im Laufschritt zurückzulegen, aber dennoch erreichte sie ihr Ziel in wenigen Minuten.

Nachdem sie den Haupteingang passiert hatte, stand

sie zwischen den Produkten der Verlagsgruppe im Erdgeschoss. Veröffentlichungen über Heimat und Region stapelten sich in den Regalen. An einer Pinnwand aus Kork hingen Plakate, die den Besucher auf die neuesten Events der Altöttinger Umgebung aufmerksam machen sollten.

Hinter dem Empfangstisch saß ein junger Praktikant und blätterte gelangweilt in der tagesaktuellen Ausgabe. Als er Maria Evita erblickte, schaltete er plötzlich auf geschäftig um. Er setzte ein aufmerksames Grinsen auf wie eine Maske und schob die Zeitung beiseite.

»Kann ich Ihnen behilflich sein?«, fragte er in seinem freundlichsten Geschäftston.

»Ich möchte zur Petra Meier.«

»Worum geht's ... denn?« Der Praktikant hatte den Satz nur mit Mühe flüssig beenden können, und man sah ihm an, dass es in ihm arbeitete. Gebannt schaute er Maria Evita ins Gesicht, als hätte sie einen großen Fleck Tomatensauce am Kinn.

Sie wurde unsicher und blickte an sich herunter.

»Stimmt etwas nicht an mir?«, fragte sie, denn sie konnte einfach nichts Ungewöhnliches an ihrem Äußeren entdecken.

»Sind Sie nicht heute bei uns in der Ausgabe abgebildet?«, antwortete der Praktikant zögerlich mit einer Gegenfrage. »Da! Unheimliches in der Stiftskirche!« Er legte Maria Evita die aufgeschlagene Zeitung hin.

»Ja, das bin schon ich. Können Sie mir bitte sagen, ob die Petra Meier noch im Haus ist?« Sie wurde ungeduldig.

»Also, falls Sie sich über das Foto beschweren wollen ... Das können Sie auch bei mir tun. Ich geb es dann an die richtige Stelle weiter.«

»Nein, ich möchte jetzt nur die Frau Meier sprechen!«, kam es von Maria Evita eine Spur energischer.

»Es besteht nicht die geringste Veranlassung, dass Sie laut werden müssen«, entgegnete der Praktikant in einem Ton, der ihm sicher auf einem Seminar für Kommunikation beigebracht worden war.

Maria Evitas Hand drückte den Rosenkranz.

»Oh nein, ich wollte mich nur bedanken bei ihr, weil sie mich so gut getroffen hat auf dem Bild, und dann wollte ich ihr noch ein paar Fragen zu gestern beantworten. Ein Interview sozusagen, das hab ich ihr versprochen«, flunkerte sie zuckersüß. Der Praktikant konnte Gott sei Dank nicht sehen, wie stark sie dabei den Rosenkranz presste. Das waren zwei große Lügen in einem Atemzug. So viel hatte sie sich die ganzen letzten Jahre über nicht geleistet.

»Ach so.« Der Praktikant nickte gutgläubig. »Frau Meier ist meines Wissens noch in der Redaktion. Durch diese Tür dort, Treppe hoch, Zimmer acht.«

Maria verschwand durch die ihr angewiesene Tür. Als sie im ersten Stock auf den Redaktionsgang trat, sah sie am anderen Ende schon Petra Meier mit einem Laptop unterm Arm bei einem Kollegen stehen. Sie lachten und wünschten sich einen schönen Feierabend. Maria Evita war gerade noch rechtzeitig gekommen.

»Frau Meier!« Maria Evita schritt auf sie zu und hob ihren Arm, um auf sich aufmerksam zu machen. Das wäre allerdings gar nicht nötig gewesen, denn eine Novizin im Habit war in der Redaktion auffällig genug.

Petra Meier wartete, sichtlich erstaunt. Wie der Praktikant zuvor im Erdgeschoss setzte sie ihren freundlichsten Geschäftston auf und fragte: »Womit kann ich dienen?«

»Frau Meier, ich brauche Ihre Hilfe«, kam Maria Evita ohne Umschweife zur Sache.

Die Angesprochene wirkte leicht aus dem Konzept gebracht. Sie hatte wohl gedacht, Maria Evita wolle sich beschweren, und nun wurde sie um Hilfe gebeten?

»Ähm, ja, bitte«, sagte sie, »kommen Sie doch mit in mein Büro.«

Petra Meier öffnete eine Tür und bedeutete Maria Evita, Platz zu nehmen.

Bevor sie sich setzte, ließ diese kurz ihren Blick schweifen. In dem Raum hatte alles genau seinen Platz. Stifte und Papier waren in akkurater Ordnung sortiert. Nirgends konnte man auch nur ein Staubkorn finden. Es schien, als hätte sie es hier mit einer Perfektionistin zu tun.

Petra Meier setzte sich damenhaft in ihren Bürostuhl und sah die junge Novizin erwartungsvoll an.

Maria Evita fingerte die zwei zerknüllten Seiten sowie die Karte aus ihrer Tasche und legte sie vor sich auf den Schreibtisch.

»Folgendes ...« Sie griff nach dem Artikel über die Bundesjugendspiele. »Sie haben doch sicher ein Archiv.«

Petra Meiers Gesichtszüge deuteten ein Ja an.

»Könnten Sie mir eine Kopie dieses Artikels aushändigen?«

Maria Evita reichte den vergilbten Zeitungsartikel über den Schreibtisch.

»Entschuldigen Sie bitte, wenn ich so offen bin, aber ...«, Petra Meier nahm neugierig das Stück Papier an sich, »wofür brauchen Sie denn den?«

Maria Evita wollte nicht schon wieder lügen und die Geduld des Herrn damit erneut auf die Probe stellen. Sie überlegte kurz, was sie darauf erwidern konnte.

»Das kann ich Ihnen leider jetzt noch nicht sagen.«

Petra Meier empfand diese Antwort offenbar als äußerst unbefriedigend. Die berufsbedingte Neugierde ließ ihr keine Ruhe.

»Schwester, wenn ich Ihnen etwas aus dem Archiv holen soll, was, nebenbei bemerkt, gar nicht so einfach ist, wie Sie sich das vielleicht vorstellen, dann müssen Sie mir schon sagen, was Sie damit vorhaben.«

Maria Evita schwieg.

»Ich habe Sie gestern von hinten in der Stiftskirche gesehen. Der alte Bichler saß direkt neben Ihnen, als er gestorben ist.«

»Ja, das stimmt.« Maria Evita seufzte.

»Wissen Sie was, Schwester? Wir machen ein kleines Geschäft. Ich besorge Ihnen eine Kopie von diesem Artikel über ...«, Petra Meier besah sich die gelblich graue Seite genauer, »Bundesjugendspiele?!« Sie zog erstaunt die Augenbrauen hoch. »Und Sie beantworten mir ein paar Fragen darüber, was sich in der Stiftskirche genau zugetragen hat. Einverstanden?«

»Ich möchte allerdings nicht bloß eine Kopie von dem Artikel, sondern ich brauche die ganze Seite. Also Vorder- und Rückseite.«

»Kurz gesagt: Es interessiert Sie die Rückseite.« Die Journalistin hatte direkt ins Schwarze getroffen.

»Ja.«

»Ich frage nicht, was Sie damit vorhaben. Aber wenn ich Ihnen helfe, Schwester«, Petra Meier lehnte sich in ihren Bürostuhl zurück, »helfen Sie dann auch mir?«

Maria Evita reichte ihr die Hand. »Einverstanden.« Die beiden Frauen schlugen ein.

Umgehend griff Petra Meier zu ihrem Telefon, beschwor den Unbekannten am anderen Ende der Leitung, noch nicht Feierabend zu machen, faselte etwas von digitalisiert und noch nicht digitalisiert, Mikrofilmen, Ordnern und dringender Erledigung und gab schließlich die Seitenzahl sowie das genaue Datum des Artikels an ihren Kollegen weiter. »Ach ja, und nicht vergessen, es geht um die Rückseite!« Mit diesen Worten beendete sie nach keiner vollen Minute das Blitzgespräch. Maria Evita hatte nicht einmal die Hälfte verstanden.

Petra Meier lächelte zufrieden. »Wollen Sie einen Kaffee oder ein Mineralwasser? Wir nutzen die kurze Wartezeit. Also, was ist gestern genau passiert?«

X. Du sollst nicht begehren deines Nächsten Hab und Gut.

Hinkend schritt der Fäustl aus dem Bichler'schen Gasthof. Ihm war schlecht. Das Wummern in seinem Knie wurde immer heftiger. Seit der Adrenalinspiegel gesunken war und seine Nerven Zeit fanden, Schmerzimpulse in immer kürzeren Abständen an sein Hirn zu funken, wirkte sein Kniegelenk, als wolle es in der nächsten Sekunde platzen.

Was war das nur für ein Nachmittag! Diese Familienkeilerei warf einige Fragen auf, deren Antworten höchstwahrscheinlich die Lösung des Falles beinhalteten. Er und Max waren sich darüber einig. Korbinian, Franz und Michi sollten endlich mit der Wahrheit herausrücken! Es hatte keinen Sinn, weiter auf stur zu stellen, denn das Testament befand sich nun in den Händen der Polizei. Friede, Freude, Eierkuchen gab es nicht in der Bichler-Familie. Allerdings ließ sich aus dem Schriftstück kein wirkliches Motiv für einen Mord der Bichler-Brüder an ihrem Vater ableiten, denn begünstigt waren ja vor allem ihre Mutter und die Kirche. Hier standen sie vor einem Problem.

Aber wenn man weiterdachte, lag ein Mord an ihrer

Mutter schon im Bereich des Möglichen, denn dadurch fiel der Gasthof komplett an die Bichler-Buben. Menschen hatten schon für weniger gemordet!

In der Bichler'schen Familiengeschichte lag natürlich auch mehr als nur ein Grund, um den Alten zu ermorden. Misshandlung und Demütigung brachten Kinder oft in eine Situation, in der sie nicht mehr Herr ihrer Entscheidungen waren. Doch auch aus diesem Umstand ließ sich kein hundertprozentiges Motiv basteln. Ihr ganzes Leben hindurch hatten Korbinian und Franz das Verhalten ihres Vaters ertragen. Warum sollten sie sich jetzt noch gewaltsam zu befreien versuchen? Das hohe Alter ihres Vaters hätte ihnen eher früher als später sowieso in die Hände gespielt.

Michis Gründe für ein Verbrechen leuchteten noch weniger ein. War er vielleicht wirklich ein unehelicher Bruder, der danach strebte, endlich offiziell anerkannt zu werden? Hatte er Rache für sein Schicksal geübt? Versuchte Erpressung stand in seinem Sündenkatalog ganz oben, die hatte er schon zugegeben, aber ein Gewaltverbrechen? Das traute ihm Fritz Fäustl in keiner Weise zu.

Max war trotzdem überzeugt, dass sich in einem von den dreien der Mörder verbarg. Fäustl eigentlich schon auch, nur konnte er diese Gewissheit seines Kollegen nicht teilen. Ein Pragmatiker wie er arbeitete mehr nach Faktenlage als nach Instinkt.

Der Sommernachmittag ließ den Kapellplatz vor dem Gasthof in hellen Farben leuchten. Viel zu idyllisch, als dass man hinter dieser katholischen Kulisse Mord und Totschlag vermuten konnte. Nur ganz am Ende des Horizonts kündigten dunkle Wolkenstreifen ein entferntes Gewitter an.

Die Grünen von der Schutzpolizei waren eben einge-troffen und sollten mit Fäustl zusammen die drei Bich-ler-Männer nach Mühldorf schaffen. Fritz Fäustl gab ihnen zu verstehen, dass er gleich zu ihnen stoßen würde, als sich eine Hand auf seine Schulter legte.

»Geht's wieder mit deinem Knie?«, fragte Max.

»Kein Problem!«, log Fäustl tapfer.

»Ich muss rüber ins Hotel. Maria Evita hat mich doch im Auto angerufen und enorm wichtig getan. Wir wollen uns dort treffen.«

Max sah auf die Altöttinger Grünen, die eben den Korbinian, den Franz und den Michi auf dem Rücksitz ihres Fahrzeugs verstauten. Wie musste man die drei anpacken, um sie knacken zu können?

»Dann viel Spaß bei deinem Date«, sagte Fäustl und humpelte von der Terrasse.

»Es ist kein Date! Kapiert?!«, rief Max ihm verärgert nach.

»Sei halt ned glei' so garstig! Trotzdem viel Spaß!« Fäustl winkte mit seinem Autoschlüssel, ohne sich um-zudrehen.

»Fritz, wenn dich was nix angeht, dann lass auch deine blöden Kommentare und Unterstellungen!«

Fritz Fäustl war von dem ruppigen Ton, den sein Kollege aus dem Nichts heraus anschlug, überrascht. Verstand der plötzlich keinen Spaß mehr? Langsam wendete er sich zu Max um und überlegte, was seinen Kollegen gerade so dermaßen aus der Bahn geworfen haben konnte. »Was hab ich falsch gemacht?«

»Spar's dir einfach, Fritz!«, antwortete Max genervt.

»Nein, jetzt sag, wo dein Problem liegt.«

»Ich hab kein Problem, aber anscheinend hast du

eines, wenn ich mich mit meiner Ex treffe, die jetzt eben zufälligerweise Nonne ist!«

Der Fäustl öffnete den Mund, brachte aber erst einmal kein Wort heraus. Es hatte ihm sprichwörtlich die Sprache verschlagen. Sein Kollege stand etwas erhöht auf der Terrasse. Seine Statur ließ ihn wie einen wütenden Goliath wirken. Fäustl dämmerte, was gerade der Funke gewesen war, der diesen Brand ausgelöst haben musste. Allein das Wort »Date« hatte genügt, um Max an einer seiner empfindlichsten Stellen zu treffen. Fäustl war aus purem Zufall in ein Fettnäpfchen getreten.

»Max, wir kennen uns noch nicht so gut. Drei Wochen arbeiten wir jetzt erst zusammen. Von deinem Privatleben weiß ich so gut wie nix, und auch du hast mich bisher nie nach Details von meinem gefragt.«

Fäustl intonierte seine Erklärung bewusst trocken und frei von jeglicher Emotion. Auch eine Entschuldigung vermied er bewusst. Die aufgeladene Spannung konnte er nur durch Nüchternheit wieder runterkühlen.

»Ich bin geschieden, und ich weiß, dass du Single bist. Mehr will ich nicht wissen, und mehr wolltest du am Anfang von mir nicht wissen. Was du in deiner Freizeit tust, ist mir als Kollege, offen gesagt, vollkommen gleichgültig!«

Während Fäustls wahre Worte Max auf den Boden der Tatsachen zurückholten, kamen zwei Männer in weißen Ganzkörperanzügen quer über den Kapellplatz auf sie zu. Spusi-Toni mit Kollege. Der Toni schwang in seiner Hand eine durchsichtige Plastiktüte, die einen länglichen Gegenstand beinhaltete.

»Wir haben etwas aus dem Kloster!«, rief er Fäustl und Max zu.

Als sie angekommen waren, drückte der Toni Max ihren Fund in die Hand. Fäustl schaltete als Erster: »Das ist ein Pürierstab.«

»Jo!«, antwortete der Spusi-Toni stolz. »Da, die Spitze ist ganz verbogen und voller Blut.«

Max drehte die Plastiktüte in seiner Hand, um das Ding genauer in Augenschein zu nehmen. Der Metallstab reflektierte für einen kurzen Moment die Sonne und warf einen kleinen Lichtstrahl in sein Gesicht. Das verkrustete Blut an der Spitze ekelte ihn. Möglich, dass die alte Bichler damit gestern Abend eines über den Schädel gezogen bekommen hatte.

Die Grünen mit den Bichlers im Auto warteten noch immer auf Fritz Fäustl, um endlich nach Mühldorf abzufahren. Mit ein paar großen Schritten spurtete Max auf den Polizeiwagen zu, der neben dem Gasthof parkte, und riss die hintere Tür auf.

»Kommt euch das zufällig bekannt vor?«

Die Plastiktüte baumelte vor den Augen der drei Bichlers. Michi wendete sich ab. Korbinian hingegen schien erstaunt und sagte plötzlich: »Ich denke schon ... Den hab ich letzte Woche bei uns in der Küche aussortiert, weil sein Motor kaputt war. Ich dachte, jemand hätte ihn entsorgt, weil er plötzlich weg war.«

»Bist du dir sicher, dass es eurer ist?«

Korbinian zögerte: »Oben müsste an der Plastikschale eine kleine Kerbe sein, weil ihn unser Koch einmal zu nah am Herd liegen gelassen hat und der Kunststoff geschmolzen ist.«

Max hielt die Tüte nahe vor sein Gesicht. Tatsächlich, die weiß-blaue Ummantelung zeigte an der beschriebenen Stelle eine charakteristische Einbuchtung, die vermutlich auf Hitzeeinwirkung zurückzuführen war.

»Danke so weit!« Max schlug die Wagentür wieder zu und gab dem Fäustl ein Zeichen, dass sie sich nun auf den Weg zur Kriminalpolizeistation machen könnten.

Im Vorbeigehen gab er den Pürierstab wieder in die Hände des Spusi-Toni zurück. »Der gehört den Bichlers. Fingerabdrücke und den ganzen anderen Reibach bitte!«

Der Toni kniff skeptisch ein Auge zu. »Max! Nur zu deiner Information: Die Apothekerin im Nonnenkloster war sich ganz sicher, dass der Pürierstab ihr gehört. Sie wollte ihn sogar reparieren lassen.«

»Der eine Bichlersohn hat mir aber gerade zweifelsfrei beschrieben, dass er aus ihrer Küche stammt.« Max kratzte sich grübelnd an der Oberlippe. Paradox! Ein mutmaßliches Tatwerkzeug, das gleich zwei angebliche Besitzer beanspruchten. In der Regel wollte doch keiner damit in Verbindung gebracht werden, es wurde geleugnet und abgestritten. »Ganz sicher?«, fragte er.

»So sicher wie das Amen in der Kirche. Allerdings ...«, der Spusi-Toni zögerte kurz, »besonders dicht schien mir die Schwester nicht zu sein. Schwerhörig, vielleicht sogar Alzheimer.«

»Also, die Besitzverhältnisse des Pürierstabs werden sich nach der Untersuchung gewiss klären lassen. Jetzt sucht bitte mal den Gasthof nach irgendwelchen Teemischungen ab, die Roten Fingerhut enthalten, und ruft mich an, falls ihr fündig werden solltet. Auch die Mülltonnen!«

Die vereinzelten grauen Streifen am Himmel waren inzwischen zu einer unübersehbaren Masse angewachsen. Nicht mehr lang, und über den Dächern Altöttings würde sich ein Sommergewitter austoben.

Max ließ den Toni und seinen Kollegen in ihren weißen Ganzkörperanzügen allein zurück und drückte freundschaftlich Fäustls Hand, der gewartet hatte.

»Bis nachher im Büro, Fritz! Ich geh jetzt zu meinem Date.«

*

»... und dann hat sie mir einen Rempler versetzt!« Krankenschwester Steffi war dabei, den Monsignore detail- und gestenreich über den Schosi-Eklat von heute Mittag in Kenntnis zu setzen.

Hirlinger griff zu seinem Geldbeutel und zückte wieder einen 50-Euro-Schein. Der sollte quasi sein Abschiedsgeschenk werden. Nun war er sich sicher, dass es an der Zeit war, sich selbst zu entlassen. Er konnte sich an einer Hand abzählen, dass es morgen erneut zu einem ähnlichen Zusammenstoß kommen würde, und am Tag darauf wieder et cetera. So würde es weitergehen, bis er endlich wieder nach Hause kam. Selbstverständlich tat ihm das Pflegepersonal leid, aber Fräulein Schosi weiterhin allein zu lassen grenzte an grobe Fahrlässigkeit seinerseits. Außerdem fühlte er sich gestärkt. Die Einlieferung hielt er ohnehin für völlig übertrieben.

Schwester Steffi beteuerte zwar, dass der Geldschein als kleines Trinkgeld völlig übertrieben und nicht nötig wäre, schob ihn aber dann doch zwischen ihre Brüste.

»Sie waren doch gestern bei dem Tod von dem alten Wirt am Kapellplatz dabei, oder?«, fragte sie neugierig mit den Händen an ihrem Ausschnitt.

Der Monsignore ließ das Dekolleté aus seinen Augen und sah Krankenschwester Steffi ins Gesicht: »Ja. Das war nicht schön.«

»Stellen Sie sich vor! Mir ist vorhin im Schwesternzimmer erzählt worden, dass seine Frau letzte Nacht ebenfalls den Löffel abgegeben hat.«

Hirlinger ließ sein Pyjama sinken, das er eben in seine Tasche hatte stopfen wollen.

»Sie ist im Nonnenkloster aus dem Fenster gesprungen! Krass, oder?«

Es gab kein Wort, das beschreiben konnte, wie es in Hirlinger rumorte. Die alte Bichler! Er musste nach Hause! Er musste Max Kramer anrufen. Falls er aus Schwester Steffis Mund die Wahrheit vernommen hatte, saß er auf einer Information, die garantiert ein Knackpunkt für die polizeilichen Ermittlungen war.

»Sind Sie sich sicher, dass Sie nach Hause wollen? Sie sehen nicht besonders gut aus!« Schwester Steffi blickte ihn besorgt an.

Hirlinger reagierte nicht mehr darauf, sondern beeilte sich, seine Tasche zu packen. »Ich muss weg!«, sagte er in so bestimmtem Ton, dass die junge Schwester nicht zu widersprechen wagte.

Er ließ sich ein Taxi kommen, das am Klinikausgang auf ihn wartete und ohne Umwege nach Hause beförderte. Auf der Fahrt sah er aus dem Fenster. Die alte Bichler auch tot! Nicht zu fassen! Hoffentlich erreichte er Max Kramer sofort, wenn er zu Hause angekommen war.

Als er mit seinem Schlüsselbund den kleinen Flur betrat, in dem die Treppe nach oben in sein Reich führte, war es gespenstisch ruhig. Eigentlich hatte er erwartet, dass Fräulein Schosi ihn in Empfang nehmen würde wie ein schwanzwedelnder Hund, der auf sein Herrchen wartete. Stattdessen begrüßte ihn Grabesstille.

Vielleicht war seine Haushälterin ja in der Abendandacht oder beim katholischen Frauenbund, und die Wiedersehensfreude würde erst nach ihrer Rückkunft ausbrechen. Es wunderte ihn allerdings schon, sie um diese Tageszeit nicht hier anzutreffen, denn Spätnachmittag war ihre große Stunde im Haus. Dann bereitete sie das Abendessen vor und dozierte über die richtige Ernährung.

Da erst wurde Monsignore Hirlinger klar, dass Fräulein Schosi ja gar nicht wusste, dass er nach Hause kam. Für wen sollte sie also kochen, heute Abend? Er dachte nach. Gut, dann musste er ihr jetzt auch nicht erklären, was er Max Kramer zu sagen hatte. Frau Bichler tot?! Wie konnte das nur passieren?

Stufe für Stufe stieg er die Treppe zu seiner Wohnung empor. Geistesabwesend ließ er seine Tasche am ausgestreckten Arm nach unten hängen, so dass sie bei jedem seiner Schritte gegen eine der Treppenstufen klatschte. Wumm, wumm, wumm …

Da öffnete sich vor ihm seine Wohnungstür, und Fräulein Schosi sah auf ihn herab. Er stand auf halber Strecke, sie ganz oben. Fast gleichgültig erschien sie dem Monsignore in diesem Augenblick.

Ihre Wimpern blinzelten ein paarmal, dann legte sie den Kopf zur Seite und ihr Mund öffnete sich behäbig: »Ach, Sie sind's bloß.«

Fräulein Schosi drehte sich um und trottete zurück zur Küche. Der Monsignore schwankte zwischen Erstaunen und Erschütterung. Dieser Satz grenzte an vollkommene Missachtung. Und dann dieser Gestank! Freilich war es im Hause Hirlinger jederzeit möglich, dass durch ein Schosi-Kochexperiment erzeugte giftige Nebelschwaden durch die Räume waberten, aber nun roch es nach Zigarettenrauch!

In der Küche musste sich Monsignore Hirlinger erst einmal setzen. Dieser Anblick erschütterte ihn dann doch zutiefst. Fräulein Schosi hatte sich eine Zigarette angesteckt und dampfte damit die Küche zu. Seit gestern lebte er anscheinend im Altötting eines Paralleluniversums.

Vor ihr auf dem Tisch stand eine fast leere Flasche Pfefferminzlikör. Nur noch ein winziger Schluck bedeckte den Boden und leuchtete grün.

»Sie sind ja betrunken?!«

Joseph Hirlingers Weltbild hatte einen tiefen Riss bekommen, doch Fräulein Schosi interessierte offenkundig nicht, was der Monsignore von ihr dachte. Sie schloss ihre Lider und summte. Zuerst leise, dann lauter, und schließlich kamen Wörter hinzu: »Es war ein König in Thule, gar treu bis an das Grab, dem sterbend seine Buhle, einen goldnen Becher gab.«

Fräulein Schosi genehmigte sich den letzten Schluck Pfefferminzlikör. »›Faust‹! Prost! Das war das Lieblingslied von dem Scheißkerl!«

»Ich korrigiere mich: Fräulein Schosi, Sie sind nicht betrunken, Sie sind volltrunken! Was ist nur in Sie gefahren?« Der Monsignore war fassungslos.

»Männer!«, entfleuchte es Fräulein Schosi.

»In all den Jahren waren wir selten länger als zwei Tage getrennt, aber so haben Sie sich deswegen noch nie benommen!«

»Doch nicht wegen Ihnen! Ach, des is a lange G'schicht! Ich geh und lass mir mal die Wanne ein.« Sie erhob sich und wollte an Hirlinger vorbei zu ihrer Wohnung ins Erdgeschoss.

»Jetzt laufen Sie doch nicht gleich davon! Was ist denn nun passiert?«

Petronilla Schosi drehte sich nochmals um.

»Der alte Bichler hat sich in seinem Testament bei mir entschuldigt! Lächerlich, gell! Nach all der Zeit sollte es mir eigentlich wurscht sein. Aber irgendwie is es das ned!«

Monsignore Hirlinger war einer der wenigen, der Fräulein Schosis Vergangenheit wirklich kannte, und nun verstand er.

»Hat er sich nur entschuldigt oder noch mehr geschrieben?«

»Mehr ... Eigentlich hat er alles wieder aufgerollt!«

»Und wie hat das seine Familie aufgenommen?«

Fräulein Schosi wusste nicht genau, was sie darauf entgegnen sollte. »Monsignore, die Frau Bichler ist auch tot!«

Ernst blickte der Monsignore sie an. Das Gerücht aus dem Krankenhaus stimmte.

Fräulein Schosi holte Luft für einen Nachsatz. »Sie ist gestern Abend aus dem Nonnenkloster gestürzt. Zweiter Stock. Schwester Maria Evita war dabei, als es passiert ist.«

»Ich habe bereits davon gehört«, seufzte Hirlinger. »Jetzt hätte ich auch gerne einen Schnaps!« Hirlinger fühlte, dass ihm schlecht wurde. Seine Gesichtsfarbe war ein undefinierbares Etwas aus Grau und Weiß. »Wissen Sie, Fräulein Schosi, Frau Bichler hat gestern

Abend noch bei mir auf dem Krankenzimmer angerufen. Ich hatte ja keine Ahnung!«

Fräulein Schosi nahm wieder Platz und griff nach der kleinen Flasche Klosterlikör, die seit Maria Evitas Besuch unschuldig auf dem Tisch lag. Sie schraubte den Verschluss ab und reichte das Ding an den Monsignore weiter, der das Fläschchen in einem Zug leerte. Er spürte, wie der Alkohol wieder Farbe in sein Gesicht zurückbrachte.

»Sie hat sich nach meinem Befinden erkundigt. Ganz beiläufig! Dann hat Frau Bichler an die tausendmal Entschuldigung gesagt, wegen der Prügelei vom Korbinian und ihrem Neffen, dem Michi, und zum Schluss wollte sie, dass ich ihr die Beichte abnehme. Ich hab ihr gesagt, sie soll doch zu einem anderen Priester in die Basilika gehen, aber sie hat drauf bestanden! Wenn ich wieder entlassen wäre, wolle sie zum Beichten kommen, ausschließlich zu mir.«

Fräulein Schosi verfolgte die Geschichte mit unstetem Blick. Die Nachricht hatte sie zwar in die reale Welt zurückkatapultiert, doch ihr Blutalkoholspiegel war nach wie vor nahe der toxischen Grenze.

»Ich weiß, dass mich das nichts angeht, aber hat die Bichler irgendwas angedeutet, worum es gehen sollte?«, lallte sie.

Der Monsignore biss sich auf die Lippen. »Nicht ein Wort!«

Nach einer kurzen Überlegung setzte er allerdings noch einmal an: »Sie hat mich gefragt, ob Gott wirklich niemals irrt. Auch ob es so etwas wie ein ›Werkzeug Gottes‹ gibt, das Taten für ihn auf der Welt vollbringt. Ich war müde und zu einer detaillierten Antwort nicht mehr fähig, also hab ich kurz und knapp gesagt, dass alles, was in Barmherzigkeit getan wird, Gottes Wille ist, und sie dann verabschiedet. Wer hätte denn ahnen können, dass es mit ihr gleich vorbei sein würde?!«

Fräulein Schosi sah Monsignore Hirlinger durchdringend an: »Und jetzt?«

»Werde ich Kommissar Kramer anrufen!«, sagte er und machte sich auf den Weg zum Telefon.

*

»Vergessen Sie das bitte!«, beschwor Maria Evita Petra Meier, die Notiz wieder vom Block zu streichen.

»Sie ist tatsächlich vor Ihnen auf das Pflaster gestürzt?«, fragte die Journalistin geschockt.

Sie hatte bis gerade eben noch gar nicht mitbekommen, dass Frau Bichler ebenfalls in der letzten Nacht umgekommen war.

»Die Söhne ... es tut mir so leid. Bitte schreiben Sie das nicht. Außerdem ist die Polizei noch am Ermitteln. Frau Meier, bitte!« Maria Evitas Magen rebellierte vor Aufregung. Sie hätte einfach schweigen sollen, doch nun war es zu spät.

»Schwester, beruhigen Sie sich. Gut, ich verschiebe es, diese Information abzudrucken, aber wenn die Polizei den Todesfall offiziell bestätigt, werden Sie mir genau schildern, wie Sie die Nacht im Kloster erlebt haben.«

Maria Evita fühlte sich elend. Trotzdem war dieses Angebot immer noch besser, als in der morgigen Ausgabe als Informantin genannt zu werden. »Ja, gut ... in Ordnung, nur bitte jetzt noch nicht!«

In diesem Moment sprang die Tür auf. Der junge Praktikant aus dem Erdgeschoss trat mit mehreren kopierten DIN-A4-Seiten ein und erlöste sie aus dieser unangenehmen Situation.

Petra Meier streckte ihm die Hand entgegen, um die Blätter in Empfang zu nehmen. Mit einem knappen »Danke« verabschiedete sie ihn wieder.

Die Journalistin blätterte kurz durch die Seiten und legte sie dann vor Maria Evita.

»Was interessiert Sie denn so brennend an diesem Artikel?«

Sie hatte schon genug verraten, deshalb entschloss sich Maria Evita, von nun an zu schweigen.

Ohne sich die Blätter genauer durchzusehen, faltete sie sie zu einem kleinen Viereck und ließ sie in der Tasche ihres Habits verschwinden. Sie vergaß auch nicht, ihren Zeitungsausschnitt, die Karte sowie das Testament wieder mitzunehmen. Nicht auszudenken, was passieren könnte, wenn Petra Meier eines davon zu Gesicht bekam.

»Ich möchte für heute nichts mehr sagen«, beschied sie der Journalistin dann. »Für Ihre Hilfe bedanke ich mich ganz herzlich! Ich rufe Sie die nächsten Tage an. Versprochen.«

Maria Evita erhob sich und verließ das Büro. In ihrem Rücken spürte sie Petra Meiers verwunderte Blicke.

Sie nahm die Treppe nach unten, vorbei am Praktikanten und raus auf die Straße. Erst jetzt traute sie sich die Kopie des Artikels genauer unter die Lupe zu nehmen.

Also Bundesjugendspiele hier und auf der nächsten Seite das Foto des Zeichens auf der Fahne. »Slowakische Wallfahrt« war es übertitelt, und daneben stand ein

Interview mit Monsignore Hirlinger, der sich über diese Zusammenkunft äußerte. Maria Evita staunte nicht schlecht. Vom Monsignore war ebenfalls ein kleines Bild abgedruckt. Sein Name stand darunter und mit einem dicken Ausrufezeichen versehen ein Zitat: »Kein Platz für Unbelehrbare!«

Mit sehr direkten Worten machte sich der Monsignore in diesem Interview Luft über die Verherrlichung des Naziverbrechers Dr. Friso, dessen Getreue an seinem Todestag zu einer Wallfahrt nach Altötting aufgerufen hatten. Dr. Friso sei nichts weiter als ein gemeiner Verbrecher im Gewand eines Priesters gewesen, so der Monsignore. In Altötting sei kein Platz für den Aufmarsch seiner Anhänger, und es sei an der Zeit, die Affäre Friso offiziell aufzuarbeiten.

Das Bild zeigte Menschen in unbekannten Volkstrachten vor der Altöttinger Gnadenkapelle, einen Greis, der ein Bildnis von Friso in Händen hielt, und in vorderster Front als Fahnenträgerin des Kreuzes mit zwei Querbalken: Schwester Pia!

»Her boyfriend was a skinhead! He used to shout Oi! Oi!«

*

»Is'e zwanzig Euro genau!« Fabio, der italienische Kellner des Hotels zur Post, kassierte gerade einen Tisch ab, an dem zwei Männer von der Spusi saßen. Feierabendbier und Brotzeit. Der Rest ihrer Kollegen war immer noch dabei, den Bichler'schen Gasthof zu durchforsten.

Draußen war aus den kleinen dunklen Wolkenstreifen des Spätnachmittags eine drohende graue Front gewachsen, die über der Wallfahrtsstadt stand.

Fabio blickte nach oben: »Madonna!« Er sollte besser umgehend damit beginnen, die Tische draußen abzudecken und alles in Sicherheit zu bringen. Dieses dunkle Gemisch, das vom Himmel herunterschielte, hatte gewiss ein paar Überraschungen wie Blitz und Hagel parat. Das konnte böse werden.

Die Männer von der Spusi tranken aus und machten sich bereit zu gehen. Ein interessanter Tag lag hinter ihnen. Seit sie sich gesetzt hatten, beherrschten die Eindrücke, die sie gesammelt hatten, ihr Gespräch. Auch jetzt noch, beim Aufstehen, ging es um nichts anderes. Für die nächsten Wochen würden sie die Stammtischhelden der Umgebung sein. Es war nicht alltäglich, in diesem alten Klostergemäuer nach Spuren zu suchen, und hatte auch irgendwie Spaß gemacht, vor allem, weil man fündig geworden war. Ein blutverkrusteter, verbogener Pürierstab!

Fabio verabschiedete beide per Handschlag. Kaum hatten sie das Lokal verlassen, kam seine Chefin Frau Kramer schnellen Schrittes auf ihn zu.

»Fabio, wir müssen vor dem Haus alles reinholen. Das schaut ziemlich hässlich aus am Himmel. Beeilung!« Sie selbst trug dabei schon mehrere weiße Tischdecken überm Arm.

»Komme schon, Signora! Komme schon!« Fabio schloss sich ihr an.

In der Nähe hörte man es bereits donnern. Frau Kramer und ihr Kellner sammelten routiniert Aschenbecher, Speisekarten und Decken von den Tischen ein und baten freundlich zwei verbliebene Gäste, die gebannt das Schauspiel am Himmel verfolgten, sich doch bitte drinnen einen Platz zu suchen.

»Soll ich noch schnell helfen?« Max stand plötzlich neben seiner Mutter, die damit nicht gerechnet hatte. Überrascht verneinte sie, denn Fabio hatte bereits ganze Arbeit geleistet und kettete gerade die Stühle mit den Tischen zusammen, damit der Wind ihnen später nichts anhaben konnte.

Max begleitete beide nach drinnen. Gleich neben der Terrasse lag ein gemütliches Café-Bistro mit Bar und Spezialitäten-Theke.

»Der Regen tut nach der Hitze der letzten Tage auch mal ganz gut! Hast du jetzt endlich Dienstschluss, Max? Magst was essen?«, wandte sich die Postwirtin an ihren Sohn.

»Zurzeit bin ich leider immer im Dienst. Hast du die Maria Evita gesehen? Wir wollten uns hier treffen. Ich bin a bissal spät dran, aber im Fall Bichler stellt sich grad alles auf den Kopf.«

Seine Mutter schüttelte verneinend den Kopf.

»Sie hat mich vorher angerufen und meinte, es sei sehr wichtig.« Max setzte sich an den Tresen im kleinen Bistro, von dem er den Kapellplatz genau im Blickfeld hatte. Seine Hände wanderten in die Außentaschen seiner Jacke. Rechts ertastete er das Diktiergerät und links das Handy. Beides war noch heil, obwohl er sich vorhin mit den Bichler-Söhnen und ihrem Cousin ordentlich auf dem Boden gewälzt hatte.

Frau Kramer stellte ihm ungefragt ein Mineralwasser vor die Nase. »Trinken ist wichtig! Vor allem, wenn es tagsüber so heiß ist. Was is'n des?«

»Ja, Mama!«, antwortete Max pflichtschuldig. »Und was is was?«

Seine Mutter deutete auf seine eingebundene Hand.

»Halb so wild. Mach dir einfach keine Sorgen!« Er nahm einen Schluck aus dem Glas und besah sich das Display seines Handys. Ein verpasster Anruf mit Altöttinger Nummer wurde angezeigt. Der unbekannte Anrufer hatte keine Nachricht hinterlassen.

Wird sich schon wieder melden, dachte er und schob das Telefon zurück in seine Tasche.

Lautes Prasseln auf dem Kies des Kapellplatzes ließ ihn aufhorchen. Die Wolken hatten sich geöffnet, und große Tropfen, vermischt mit kleinen weißen Graupelkörnchen, fielen vom Himmel.

»Madonna!« Fabio, der in einer Ecke die gerettete Tischwäsche ordentlich zusammenlegte, war aufgeschreckt.

Max sah zu ihm hinüber. Der Blick des Kellners haftete gebannt an der Tür, die gerade aufgestoßen wurde. Ein nasser schwarzer Habit drängte sich durch den Türstock. Max konnte ein leichtes Grinsen nicht unterdrücken, denn Maria Evita sah in ihrem feuchten Aufzug aus wie ein begossener Pudel, und ihr Anblick hatte unweigerlich etwas Komisches an sich.

»Na, da wird deine Tante morgen wieder einen Reibach mit den Gewitterkerzen machen!« Er stand auf und bot der nassen Klosterschwester einen Sitz neben sich an der Bar an.

»Glaubensplunder!«, entgegnete Maria Evita abschätzig, während sie versuchte, auf dem hohen Hocker Platz zu nehmen. Ihre durchnässte Kleidung war schwer und klebte am ganzen Körper.

Ohne Umschweife zog sie die Testamentskopie aus ihrer Tasche und schob sie zu Max hinüber.

»Woher hast du das?«

»Zufällig gefunden. Wirklich. Mehr will ich nicht sagen.«

»Es wird dich jetzt vielleicht überraschen, aber das kenn ich schon.« Er schob den Zettel wieder zurück. Maria blickte ihn ungläubig an.

»Korbinian, Franz und Michi haben sich deswegen heute Nachmittag in meinem Beisein übelst verdroschen. Einer von den Bichlers ist ein Mörder, das hab ich im Urin. Ihre Elternteile sind kurz nacheinander umgebracht worden. Die alte Bichler ist aus eurem Kloster gestürzt worden, und ihren Mann hat man vergiftet. Der Fritz fährt grad mit allen dreien aufs Revier nach Mühldorf zum Verhör. Ich muss dringend auch dorthin.«

Bei Maria Evita war die Information mit dem Gift jetzt erst wirklich angekommen, und sie griff vollkommen überrascht nach Max' Oberarm. »Wie, der Alte ist vergiftet worden?«

»Nicht zu fassen, gell? Mit einem Tee aus Rotem Fingerhut!«

Plötzlich griff ein weiterer Arm von hinten nach Max' Schulter, der nun unvermittelt von zwei Seiten festgehalten wurde. Erschrocken drehte er sich um.

»Sie gehen auch nie an Ihr Handy, wenn man Sie braucht!«

Hinter Maria Evita und Max standen Monsignore Hirlinger und Fräulein Schosi, die mit einem Schluckauf kämpfte.

»Vorhin habe ich versucht, Sie zu erreichen«, erklärte Hirlinger.

»Ach, Sie waren die unbekannte Altöttinger Nummer«, stotterte Max, denn die Hände an Oberarm und Schulter fühlten sich extrem unbehaglich an.

Maria Evita sprang auf und schloss den Monsignore in ihre Arme. »Sie sind entlassen worden. Ich bin so erleichtert!«

Petronilla Schosi verfolgte aufstoßend das ungebührliche Gebaren der jungen Novizin in dem nassen Habit. Als Maria Evita über die Schulter des Monsignore hinweg dessen Haushälterin entdeckte, hielt sie inne.

»Kein Wort!«, zischte Fräulein Schosi ihr zu und lehnte sich an die Bar, da sie sich nicht mehr sonderlich gut auf ihren Beinen halten konnte. Suchend blickte sie hinter den Tresen, als wolle sie einen weiteren Schnaps bestellen.

Monsignore Hirlinger, der mit so viel weiblicher Emotion nicht umgehen konnte, befreite sich mit einem zaghaften Lächeln aus Maria Evitas Umarmung.

»Ich will Sie nicht lange aufhalten, aber ich möchte Ihnen etwas mitteilen. Frau Bichler hat mich gestern Abend noch angerufen.« Er erzählte Max von der seltsamen Frage der Bichlerwirtin nach dem »Werkzeug Gottes«, nicht allzu lange vor ihrem Tod.

Schweigend hörte Max sich alles an. War es möglich, dass Frau Bichler sich selbst damit gemeint hatte?

»Monsignore, existiert denn im katholischen Glauben so etwas wie ein ›Werkzeug Gottes‹?«, fragte er, als Hirlinger mit seinem Bericht geendet hatte.

»Jetzt wird es philosophisch.« Der Monsignore überlegte. »Es gibt Menschen, die sich in den Dienst Gottes stellen und so natürlich für ihn arbeiten. Aber Gott späht sich niemanden aus, bemächtigt sich seiner und steuert dessen Bewusstsein, so dass er für ihn zum Beispiel die Post austrägt, falls Sie das meinen.«

»Merkwürdig, dass sie kurz vor ihrem Tod ausgerechnet das von Ihnen wissen wollte«, sinnierte Max. Er reichte Hirlinger die Hand, denn er wollte sich nun endlich verabschieden. Doch plötzlich fiel ihm etwas ein, wonach er bisher noch nicht gefragt hatte: »Monsignore? Wie war das, als Frau Bichler ihren toten Mann am Kirchenboden liegen sah?«

Monsignore Hirlingers Blick kehrte sich nach innen. Er versuchte den gestrigen Auftritt der Familie Bichler genau zu rekonstruieren.

»Frau Bichler und ihre beiden Söhne hasteten zur Stiftskirche herein. Vor der Leiche sind sie dann stehen geblieben. Franz oder Korbinian hat nach seinem Vater gerufen, Frau Bichler wollte wissen, was passiert ist. Der Notarzt hat sie vom Tod ihres Mannes in Kenntnis gesetzt, dann hat sie den heiligen Dismas angerufen und ist ohnmächtig zusammengebrochen. Ja, genau so war es.«

»Wer bitte schön ist der heilige Dismas?«

Fast mitleidig sah der Monsignore Max an. »Bei Ihnen ist der letzte Religionsunterricht wohl auch schon länger her?«

»In meinem Beruf geht es um Recht und Unrecht, nicht um Gott!«

»Dismas war der rechte Schächer«, begann Hirlinger zu erklären. »Ein Räuber und Mörder, der mit Jesus Christus gemeinsam am Kreuz hingerichtet wurde. Seine Taten hat er im Angesicht des nahenden Todes aufrichtig bereut, und daraufhin hat ihm Christus versprochen, dass sie gemeinsam an diesem Tag noch das Paradies sehen würden. Er ist der Heilige der Fuhrleute, der zum Tode Verurteilten und der Patron für einen guten Tod!«

Max tippte sich grübelnd mit dem Zeigefinger auf die Oberlippe. »Ich frage jetzt mal so ins Blaue ... Ist dieser Dismas vielleicht auch der Heilige der Mörder?«

»So kann man das nicht sagen«, entgegnete Hirlinger. »Er ist der Heilige der aufrichtig bereuenden Mörder.«

Max nickte. »Morgen würde ich Sie gerne in der Polizeistation sehen, um alles offiziell zu protokollieren. Sagen wir so gegen elf?«

»Wir kommen!«, lallte Fräulein Schosi, die immer noch nicht bedient worden war. Mit der flachen Hand schlug sie nun ungeduldig auf die Theke. »Kellner!«

Erschrocken fuhren die Anwesenden hoch, denn das war das Letzte, was man von Fräulein Schosis Seite erwartet hätte.

Fabio eilte hinter den Tresen. »Signora, womit'e kann ich'e dienen?«

»Ich hätt gern einen klitzekleinen Pfefferminzlikör.« Fräulein Schosis Mund versuchte ein Lächeln, verzog sich aber zu einer unkontrollierten Grimasse. Verlegen runzelte Fabio seine Stirn. »Scusi, Signora, so was habe ich nicht. Darf ich vielleicht eine Wodka vorschlagen?«

»Auch gut!«

Fabio stellte ein kleines leeres Glas vor Fräulein Schosi auf die Bar.

»Da ist ja noch gar nix drin«, sagte sie vorwurfsvoll.

Fabios Finger schraubten den Verschluss von einer Flasche, die er eben aus dem Regal gezogen hatte. »Sofort, Signora! Nur imme mit de Ruhe.«

Max und die anderen beobachteten das Ganze mit großen Augen. Monsignore Hirlinger machte sich Sorgen, Maria Evita war fassungslos und Max eigentlich eher amüsiert. Niemals hatte er Fräulein Schosi betrunken erlebt. Dass sie jetzt einen Schnaps bestellte, verlieh ihr, der großen moralischen Altöttinger Instanz, in seinen Augen etwas Menschliches.

Er musste allerdings nun wirklich aufbrechen. Die Bichlers saßen auf der Polizeistation und warteten auf ihn. Nacheinander reichte er allen zügig seine Hand und sagte auf Wiedersehen.

Draußen goss es immer noch wie aus Kübeln. In drei großen Schritten war er an der Tür und öffnete sie.

»Moment! Ich wollte dir noch was sagen.« Maria Evita war ihm nachgelaufen.

Zusammen traten sie vor den Eingang. In einer kleinen Nische konnte der Regen ihnen nichts anhaben.

»Es gibt da ein Zeichen, über das ich den ganzen Tag schon stolpere, immer wieder: bei den Bichlers in ihrer Garage und dann auf einer Karte und in einem Zeitungsartikel und ...« Sie stoppte, denn Max wirkte zwar aufmerksam, aber vor allem eines: hundemüde. Richtig interessiert schien er nicht. Doch er sah sie in diesem Moment so an, wie er es früher immer getan hatte. Von oben leuchteten seine ruhigen Augen ihr entgegen und sagten ihr: »Mach mal halblang, Schatz.« Ganz kurz erkannte sie in diesem Blick den Max ihrer Vergangenheit.

»Max, ich bin mir sicher, dass die Lösung des Falls bei uns im Kloster liegt und nicht bei Korbinian und Franz.«

Er stutzte: »Wie meinst du das?«

Sie klapperte mit den Zähnen. Die Nässe in ihrer Kleidung ließ sie frösteln. Max, ganz Gentleman, legte ihr seine Jacke um die Schultern. Er sah sie auffordernd an.

»Dieses Zeichen ... und dann der Ort, an dem Frau

Bichler aus dem Fenster gestürzt ist. Das hängt alles irgendwie zusammen. Weil ...«

Max wurde ungeduldig: »Die Bichlers sitzen in Mühldorf, ich muss sie verhören. Wir haben heute Nachmittag das vermutliche Tatwerkzeug bei euch im Kloster gefunden. Pass auf: einen Pürierstab! Aus dem Besitz der Bichlers! Ich halte dich auf dem Laufenden, und sollten meine Befragungen nichts ergeben, dann erzählst du mir alles über dieses Zeichen, von dem du gerade sprichst. In Ordnung? Aber ich muss jetzt wirklich nach Mühldorf, die Sache ist zu brisant!«

Warum wollte er ihr einfach nicht zuhören? Maria Evita war fest davon überzeugt, dass Max sich in eine Sackgasse verrannte. »Max, hör mir bitte zu!«

»Wir sehen uns.« Er verschwand durch den Regen und ging zu seinem Auto.

Maria Evita sah ihm verärgert nach. Sie musste es morgen auf der Kriminalpolizeistation wieder versuchen und dann die ganze Geschichte auf den Tisch legen. Männer konnten so unaufmerksam und stur sein!

Leise bewegte sie ihre Lippen: »Her boyfriend was a skinhead! He used to shout Oi! Oi!«

*

Er lenkte seinen Wagen auf die Staatsstraße. Die Wischerblätter auf seiner Windschutzscheibe quietschten, denn aus den Wolken tröpfelte es nur noch spärlich. Müde fuhr er durch Dörfer, entlang des Inns und vorbei an einer großen Molkerei, immer weiter Richtung Mühldorf. Die tägliche Volksmusiksendung des BR zwischen sieben und acht am Abend kam aus den Lautsprechern. Das Radio war automatisch angegangen, als er vorhin den Motor gestartet hatte. Er konzentrierte sich auf die Straße und achtete nicht wirklich auf das Programm. Das Dudeln im Hintergrund nahm er kaum wahr, so sehr war er darin versunken, die einzelnen Puzzleteile des Falles zur Lösung zusammenzusetzen.

Hatte die Bichler ihren Mann selbst vergiftet, um Rache für seine eheliche Untreue zu üben oder ihn für seine Sünden büßen zu lassen? Hatte sie, als »Werkzeug Gottes«, den alten Bichlerwirt vielleicht seiner »gerechten« Strafe zugeführt? Dann wäre es nur zu verständlich, warum sie so dringend bei Monsignore Hirlinger die Beichte ablegen wollte. Ihre Söhne hielten sie für religiös abgedreht. Seit er sie gestern Nachmittag im Gasthof erlebt hatte, konnte er das selbst bezeugen. Als Mörderin ihres eigenen Mannes kam sie in Frage. War ihr Zusammenbruch in der Stiftskirche möglicherweise nur gespielt? Oder war ihr alles zu viel geworden, als sie das Ergebnis ihres Handelns vor Augen sah?

»Es war die Alte ...« Max nickte überzeugt in sich hinein. Laut ihrem Sohn Franz war sie es gewesen, die ihrem Gatten den Tee verabreicht hatte. Inklusive löffelweise Zucker, dass der bittere Fingerhut nicht durchkam. Und in der Nacht hatten sie dann ihre Söhne, oder wer immer von ihnen beauftragt worden war, aus dem Weg geräumt, um das ganze Erbe antreten zu können. Dafür hatte das Testament verschwinden müssen. Habgier war eines der häufigsten Mordmotive. Wie naheliegend! Er hätte auch schon früher darauf kommen können, denn alles wies in diese Richtung.

Die ruhige Stubenmusi wurde von einer Blaskapelle abgelöst, und nun gingen ihm die Töne auf die Nerven.

Kurz entschlossen drehte er das Radio ab. Noch zwei Kurven und Mühldorf wäre in Sicht. Seltsam, dass der Fäustl noch immer nicht angerufen hatte, wie er mit den Bichlers vorankam. Auch der Spusi-Toni hätte sich mal melden können. Wenn man den Kollegen nicht ständig hinterhertelefonierte ... Von sich aus machten die gar nichts!

Die linke Hand am Lenkrad, betastete er mit der eingebundenen rechten seine Hosentasche nach dem Handy. Der Verband, den die attraktive Dr. Rupprecht heute Vormittag so fachmännisch angelegt hatte – zu schade, dass sie offenbar mit diesem Blödmann von Assistenten liiert war –, war an mehreren Stellen bereits abgewetzt und dreckig. Dieser Tag hatte seine Spuren hinterlassen.

»Verdammt!« Warnblinker rein und an den Straßenrand. Das Telefon befand sich in seiner Jacke, und seine Jacke befand sich bei Maria Evita. Er war kurz davor, aus Wut heftig auf sein Lenkrad einzuschlagen, besann sich dann aber eines Besseren. Die verletzte Hand tat schon mehr als genug weh und sollte definitiv nicht durch weitere Erschütterungen von neuem traumatisiert werden. Er wendete und fuhr zurück.

*

Hinter der Pforte des Nonnenklosters brannte noch Licht. Nachdem sie zweimal geklopft hatte, wurde Maria Evita geöffnet, und hinter der mächtigen Holztür erschien Schwester Pias strenges Gesicht. »Schwester Ignatia liegt mit Kopfschmerzen im Bett.« Das war ihr einziger Satz zur Begrüßung.

Max' Jacke über dem nassen Habit hing an Maria Evita herab wie ein Zelt. Missbilligend schüttelte Schwester Pia den Kopf.

»Warum machen Sie das ständig?«

»Wie bitte?«, fragte Maria Evita verunsichert.

»Sie waren heute wieder den ganzen Tag unentschuldigt abwesend.«

»Das ist nicht wahr!«, rechtfertigte sich Maria Evita. »Die ehrwürdige Mutter meinte, dass ich mich nach dem, was ich letzte Nacht mitgemacht habe, erst einmal bei meiner Tante beruhigen sollte. Nur deshalb war ich heute nicht hier!«

Abschätzig hob sich Schwester Pias linker Mundwinkel. »So? Ich und, seien Sie versichert, auch die anderen Schwestern fühlen sich durch Ihre permanenten Alleingänge gestört! So lebt man nicht in einer Gemeinschaft!«

Dies versetzte Maria Evita einen Stich mitten ins Herz. Sie fühlte sich wie eine Zwölfjährige, die gerade in der Schule einen Direktoratsverweis bekommen hatte. Die Direktheit der Worte machte sie fassungslos. Vor dieser alten Ziege war letzte Nacht schließlich niemand gestorben! Nicht einmal einen Hauch von Verständnis hatte die für sie übrig. Mit aller Kraft versuchte Maria Evita, gegen die in ihr aufkeimende Wut anzukämpfen, aber es gelang ihr nicht.

»Was haben Sie eigentlich mit dem Naziverbrecher Friso zu schaffen?«, platzte es aus ihr heraus. Am liebsten hätte sie sich selbst dafür geohrfeigt.

In Schwester Pias Augen blitzte etwas auf. Doch sie ließ sich nicht provozieren und sprach weiter, als hätte sie nichts gehört. »Außerdem trägt man zum Schlafen keine Hemden mit Zeichnungen vorne drauf.«

»Sie waren in meiner Zelle?« Maria Evita wurde schlecht.

»Kind, halten Sie uns hier bitte nicht für dumm!«

Jegliches Vertrauen in die Sicherheit ihrer Zelle war von einer Sekunde zur nächsten aus ihr gewichen. Woher wusste Schwester Pia von ihren Schlaf-T-Shirts? Vermutlich wäre es kein Problem gewesen, wenn sie die ehrwürdige Mutter früher einmal davon in Kenntnis gesetzt hätte, aber es war dieses kleine bisschen ihres vergangenen Lebens, das nur ihr allein gehörte. Niemals hatte sie gewagt, die T-Shirts mit Homer Simpson oder Micky Maus in die Klosterwäscherei zu geben. Deswegen legte sie sie heimlich bei ihrer Tante Traudl in die Waschmaschine, und ihre Tante verlor darüber kein Wort.

Sogar gestern hatte sie nach dem grausigen Fund ihren Habit wieder angezogen, bevor sie der Polizei und den anderen aus dem Kloster gegenübergetreten war. Niemand durfte von ihrem Geheimnis erfahren!

Schwester Pia drehte sich mit einem triumphalen Lächeln um und ließ die um Fassung ringende Mitschwester stehen.

»Wann waren Sie in meiner Zelle?«, fragte Maria Evita mit Nachdruck.

Ohne eine Antwort zu geben, entfernte sich Schwester Pia. Vor lauter Wut löste sich eine Träne aus Maria Evitas rechtem Augenwinkel und lief über ihr Gesicht. »Schlampe!«, zischte sie leise. Als der Kraftausdruck ihre Lippen verlassen hatte, schämte sie sich dafür in Grund und Boden.

»Das habe ich gehört!« Schwester Pia schloss die Tür zur Pforte von innen zu.

Maria Evita konnte keinen klaren Gedanken mehr

fassen. Ihre Füße trugen sie fast automatisch nach oben in den zweiten Stock zu ihrer Zelle. Sie warf Max' Jacke auf den Boden und suchte hastig in ihrem Habit nach dem Rosenkranz. Plötzlich begann es in dem Haufen aus feuchtem Stoff vor ihren Schuhen zu vibrieren, und der »Bayerische Defiliermarsch« drang zu ihr herauf. Sie hielt inne. Ihre Hände suchten den Auslöser der Melodie. Zielgerichtet griff sie in die richtige Außentasche und zog Max' Handy heraus. Ihre Augen lasen auf dem erleuchteten Display die Worte »Mama Hotel«.

Ohne zu überlegen, drückte sie auf die Annahmetaste. »Frau Kramer, hier ist nicht der Max, sondern ...«

»Nein, nein, nein! Ich bin's, nicht meine Mama! Gott sei Dank gehst du gleich ran. Ich brauch meine Jacke dringend wieder.«

Maria Evita wandte sich zum Fenster und sprach leise weiter. Sie hatte Angst, dass jemand sie belauschen könnte. »Die Jacke ... ja.«

»Kann ich sie mir bei dir abholen?«

»Gut. Versuch hinten reinzukommen, beim Notausgang, der zum Klostergarten führt. Dort werde ich auf dich warten.«

»Kann ich nicht einfach zur Pforte gehen?«

»Nein! Ich bin in fünf Minuten unten.« Maria Evita beendete das Gespräch. Um sie herum war es still. Keine Schritte im Treppenhaus. Leise öffnete sie die Tür. Der Gang vor ihrer Zelle schien auf einmal merkwürdig fremd. Jetzt erst fiel ihr auf, dass nichts mehr dort stand, wo es in der Früh noch gewesen war. Die Spurensicherung hatte hier ganze Arbeit geleistet.

Auf Zehenspitzen tappte sie Schritt für Schritt an Schwester Pias Lager vorbei zur Treppe. An der Tür klebten die Fetzen eines polizeilichen Siegels. Niemand hatte sich bisher die Mühe gemacht, sie zu entfernen.

Als Maria Evita auf die erste Stufe trat und mit ihrem Gewicht das alte Holz belastete, knarzte es laut auf. »Heilige Maria, Mutter Gottes!« Wenn irgendwer mitbekam, dass sie Max zu später Stunde im Kloster empfing, würde das für sie den sicheren Rauswurf bedeuten.

So leise wie möglich versuchte sie die Treppe ins Erdgeschoss zu meistern. Nach jedem lauten Knacken hielt sie für ein paar Sekunden inne und lauschte, ob sich ihr jemand von oben oder unten näherte. Doch nichts geschah. Jeder Schritt wurde ihr zur Qual, und ihre Angst vor Entdeckung wuchs.

Endlich hatte sie den ersten Stock erreicht, und nun waren die Stufen aus weißem Marmor. Rasch ging sie dem Notausgang zum Garten entgegen. Letzte Nacht hatte sie dort die alte Bichler entdeckt.

Durch die gläserne Tür sah sie Max bereits draußen warten. Maria Evita drückte die Klinke und öffnete. »Leise! Niemand darf wissen, dass du hier bist«, flüsterte sie ihm eindringlich zu.

»War gar nicht so einfach, hierher zu kommen. Alles abgeschlossen. Ich musste hinten über die Mauer klettern.« Max unterdrückte ein Lachen. »Hab mich gefühlt wie in meine Gymnasialzeit zurückversetzt, als wir ein ruhiges Plätzchen zum Rauchen gesucht haben.«

»Ja, nach acht Uhr abends kann man hier nicht einfach so reinspazieren. Bei uns herrscht nach dem Abendessen Ruhe und Andacht.« Maria Evita drückte Max seine Jacke in die Hand. »Alles drin! Gut' Nacht.«

Max schlüpfte in seine Ärmel. »Die Spusi hat nirgends am Haus Einbruchspuren finden können. Wie is die alte Bichler dann hier bloß reingekommen? Das beschäftigt mich seither in jeder freien Sekunde.«

»Jemand hat sie reingelassen! Ganz bestimmt!« Maria Evita sah Max vielsagend an.

»Wer hat ihr dann die Tür aufgemacht, und wer bitte ist in diesen alten Mauern zu einem so brutalen Mord fähig? Ich glaube nicht, dass ihre Söhne hier einen Komplizen gefunden haben.«

»Du wolltest mir ja vorher nicht zuhören!«, erwiderte Maria Evita vorwurfsvoll. »Vergiss endlich den Korbinian und den Franz, die waren es wirklich nicht.«

Max blickte abschätzig an Maria Evita herab. »Du willst mir also erzählen, dass du immer noch felsenfest überzeugt bist, den Fall gelöst zu haben.«

»Ja, ich denke schon«, sagte sie ernst.

»Und wie? Göttliche Eingebung?«

Maria Evita schob mit ihrem Fuß den Holzkeil unter die Türe und ging einen Schritt nach draußen auf Max zu.

»Gut, ich kann mich auch irren, aber ich würde niemals so etwas behaupten, wenn ich mir ned sicher wäre«, sagte sie vorsichtig und sah sich um, ob sie auch nicht aus den Fenstern an der Rückseite beobachtet wurden.

Max lehnte sich an die Mauer. »Okay. Also: wer, wie, was?«

»Ich wollte dir eigentlich ja vorher schon davon erzählen ...«

»Du hast von irgendeinem Zeichen gefaselt«, wurde sie von Max unterbrochen.

»Lass mich bitte ausreden. Ja, eben das Zeichen. Es handelt sich um ein Patriarchenkreuz mit zwei Querbalken auf einer Wolke. Und eben dieses Kreuz begegnet mir heute ständig. Außerdem ist es das Zeichen eines gewissen Doktor Friso, eines Nazikriegsverbrechers, der 1945 bei seiner Verhaftung durch die Amerikaner in Altötting erschossen wurde.«

Max hatte ihren Worten aufmerksam zugehört, aber sein Blick war dabei immer skeptischer geworden. Das hatte doch alles nichts mit dem Bichler-Fall zu tun. Worauf wollte Maria Evita nur hinaus?

»Max, hast du schon jemals von der Sache mit dem Friso gehört?«

Er nickte: »Ja, bei uns im Hotel wurde mal darüber getratscht. Legendenbildung, das Übliche!«

»Nein, Max. Das Ganze ist wahr. Zuerst wollte ich auch nicht recht daran glauben, aber dann habe ich die alte verrostete Staatskarosse des Doktor Friso in der Garage von den Bichlers entdeckt. Darauf: das Zeichen! Und dann noch mal in einem Zeitungsartikel und später auf einer Karte.«

Max schüttelte vehement seinen Kopf. »Ich gehe von einem ermordeten Ehepaar aus, das ...«

»Unterbrich mich bitte mal fünf Minuten lang nicht!« Maria Evita fasste nach Max' Schulter. »Der alte Bichlerwirt hat Doktor Friso damals an die amerikanischen Besatzer verraten und dafür sein Vermögen einkassiert, vermutlich auch das Auto.« Aus ihrem Habit zog sie die zerknitterte Kopie des Zeitungsartikels und hielt Max das Papier unter die Nase. »Wer ist das an der Fahnenstange mit dem Zeichen?«

Max überflog die Zeilen und blieb an dem Foto hängen. »Schwester Pia, wenn mich meine Augen nicht täuschen.«

»Ganz genau! Und gestern Abend saß sie an der Pforte. Nur sie kann die Bichler zu uns reingelassen haben. Außerdem war es ihr Lager, aus dessen Fenster Frau Bichler gestürzt ist.«

»Das beweist rein gar nichts!« Max kramte nach seiner Digitalkamera und drückte ein paar Tasten, bis das Bild von Frau Bichlers Kehlkopf auf dem Bildschirm erschien. »Hier. Wer bitte schön hat so viel Kraft, einer sechzigjährigen Frau einen Pürierstab auf den Schädel zu dreschen und solche Würgemale zuzufügen?«

Maria Evita wirkte von dem Foto seltsam fasziniert. »Das ist ein Rosenkranz!«

»Ich habe keine Ahnung, was gerade in dir vorgeht, aber das ist ein Foto!«

Ungeduldig drehte sie das Bild in seine Richtung. »Die Würgemale sind von einem Rosenkranz.« Aus ihrer Tasche zog sie ihren eigenen. »Dieser Abdruck der Perlen steht für ein Vaterunser, und die anderen, die danach in dieser Reihe folgen, sind die ›Gegrüßet seist du, Maria‹.«

Max staunte. Maria Evita hatte tatsächlich ins Schwarze getroffen. Der Abdruck konnte nur von einer solchen Kette stammen.

»Und jetzt fass das alles mal zusammen«, forderte sie Max auf. »Womit ist der alte Bichler um die Ecke gebracht worden?«

»Mit einem Tee aus Rotem Fingerhut.«

»Tees sind Schwester Pias Spezialgebiet. Und wir alle hier im Kloster haben immer einen Rosenkranz bei uns.«

Max begann nach und nach das Rätsel um den Bichler-Fall zu begreifen. »Sehr wahrscheinlich hat die alte

Bichler aber ihren Mann selbst vergiftet«, berichtete er leise von seinem Verdacht. »Was hat sie mit Schwester Pia zu schaffen? Und was ist die genaue Verbindung von ihr zu diesem Doktor Friso?«

Maria Evita zuckte mit den Schultern und sah zu Boden. »Das weiß ich allerdings auch nicht.«

»Aber das ist der springende Punkt. Alles andere sind nur Indizien oder Hypothesen!«

Jetzt schwiegen beide. Ein tödlicher Tee und ein Naziverbrecher waren die möglichen Verbindungen zwischen den beiden Morden. Aber wo war das Band zwischen den vermeintlichen Täterinnen, das beide aneinanderschmiedete? War das etwa auch Dr. Friso? Max besah sich noch einmal das erleuchtete Bild auf seiner Digitalkamera. »Was weißt du eigentlich über die Vergangenheit deiner Mitschwester?«

»Nichts.«

»Du musst doch irgendetwas wissen! Seit wann ist sie bei euch? Woher kommt sie?«

Maria Evita begann aufgebracht zu gestikulieren: »Ich bin noch nicht so lange hier, und ich habe mich nie mit Schwester Pia zum Tee verabredet, um mehr aus ihrem Leben zu erfahren. Zum jetzigen Zeitpunkt muss ich sogar sagen: Gott sei Dank habe ich mit ihr nie einen Tee getrunken.«

»Psst!« Max legte seinen Finger auf ihren Mund, denn Maria Evita war bei den letzten Worten immer lauter geworden. Sie biss sich auf die Lippen und ließ ihre Hände wieder sinken.

»Außerdem magst du gar keinen Tee!«, fügte er mit einem Lächeln hinzu.

»Schön, dass du dich daran erinnerst!« Sie sahen

sich an. Auch Maria Evita konnte sich nun ein Grinsen nicht mehr verkneifen.

Seine Augen hafteten an ihren Lippen. »Ich würde dich jetzt eigentlich gerne küssen.«

»Spinnst du?!« Maria Evita wich erschrocken zurück. »Wie kommst du nur auf eine so bescheuerte Idee?«

Max brachte ihre heftige Reaktion nicht aus der Ruhe. Er sah sie unverändert an. »Hey, war nur Spaß!«

Maria Evita streifte ihn kurz mit einem tadelnden Blick. Sie versuchte an ihm abzulesen, ob es ihm damit ernst gewesen war oder ob er wirklich nur einen Spaß hatte machen wollen. »Noch mal ...« Sie räusperte sich. »Ich weiß nichts über Schwester Pias Vergangenheit!«

»Ich beginne ja zu glauben, dass dieser Doktor Friso möglicherweise ein Schlüssel zur Lösung des Falles sein könnte, aber wenn wir nicht genau wissen, was ihn mit Schwester Pia verbindet, kommen wir hier definitiv nicht weiter. Und für eine Verhaftung reichen die Indizien bisher einfach nicht aus.«

»Ich könnte meine Tante fragen.«

»Nichts gegen deine Tante, aber sie ist in meinen Augen keine verlässliche Quelle.«

»Monsignore Hirlinger?«

»Nein. Jemand, der vielleicht etwas vom Hörensagen weiß, ist kein sicherer Informant.« Max dachte einen Moment lang nach. »Ich habe da eine Idee, allerdings ist sie etwas riskant.«

Maria Evita wurde aufmerksam. »Warum riskant?«

»Einen ersten Anhaltspunkt zu ihrer Vergangenheit würde ihr Pass oder ihre Geburtsurkunde geben. Vor allem wäre das ein Dokument und keine mündliche Aussage. Dann wüssten wir zumindest über ihre Identität vor dem Klosterleben Bescheid und könnten darauf aufbauen.«

»Und du willst jetzt, dass ich dir das besorge?!«

»Na ja, wenn du es schon selber vorschlägst ... Kannst du denn einfach so in ihr Zimmer?«

»Ich muss dafür nicht in ihr Zimmer. Unsere persönlichen Dokumente werden zentral im Büro der ehrwürdigen Mutter in einem Schrank aufbewahrt. Du brauchst also für deine Ermittlungen meinen Pass, stimmt's?«

»Was?« Jetzt verstand Max gar nichts mehr. Unschlüssig wippte er von einem Bein auf das andere, nach einem Zusammenhang suchend.

»Bitte sag einfach, dass du meinen Pass brauchst.«

»Ich brauche ihn doch gar nicht.«

»Keiner fragt, wenn ich zu meinen Dokumenten muss, und vielleicht kann ich ja dann zufällig über die von Schwester Pia stolpern. Ich werde da oben für dich nichts klauen, verstehst du?«

Max stieß einen kurzen Pfeifton aus. Das leuchtete ein. »Schwester Maria Evita, für meine Ermittlungen ist es unabdingbar, dass ich Ihren Pass in Händen halte.«

»Okay. Gib mir ein paar Minuten. Am besten versteckst du dich hier hinter der Ecke. Und falls dich jemand entdecken sollte: Wir haben uns nicht gesehen, du machst bloß eine Ortsbesichtigung. Klar?«

Das waren eindeutige Anweisungen. Er nickte. An einen so energischen Ton bei seiner Freundin konnte er sich kaum erinnern. Wie zum Salutieren hob er seine Hand. »Vollkommen klar! Alles verstanden. Aye, aye, Sir!«

»Und stell dein dämliches Grinsen ein!« Maria Evita ging wieder nach drinnen. Sie ließ den Notausgang einen Spaltbreit offen. Der Holzkeil verhinderte, dass sich die Tür vollkommen schloss.

*

Mit jedem Schritt, den sie nun weiter in das Klosterinnere setzte, wurde sie nervöser. Das Geräusch, das ihre Schuhe beim Auftreten auf dem Boden hinterließen, wirkte so laut, dass es die alten Hallen vollkommen zu erfüllen schien. Maria Evita bückte sich und zog kurzerhand die Schuhe aus. Der Steinboden unter ihren nackten Füßen war unangenehm kalt. Je länger sie auf dieser Stelle verharrte, umso mehr brannten die Fußsohlen. Maria Evita stolperte über den Saum ihres Habits, die Schuhe in der Hand. »Heilige Maria, Mutter Gottes!«

Jetzt hieß es, Ruhe zu bewahren und sich wirklich hundertprozentig zu konzentrieren. Ihr war bewusst, dass von den nächsten Minuten alles abhing. Der kürzeste Weg zum Büro der ehrwürdigen Mutter führte zurück über die knarzende Treppe in den zweiten Stock und von dort aus in den anderen Trakt hinüber. Wie eine Balletttänzerin meisterte sie Stufe um Stufe, während sie ihr Herz im Kopf wummern hörte. Auf Zehenspitzen schlich sie den oberen Gang entlang. Gleichmäßig waren ihre Bewegungen und bemüht, so wenig von sich zu geben wie möglich.

Endlich stand sie vor dem Büro der Oberin. Ihr Puls schlug in rasenden Schlägen. Was sie hier tat, war nicht richtig! Ausnahmesituationen erfordern besondere Maßnahmen, das sagte sie sich immer wieder, um ihr schlechtes Gewissen zu beruhigen. Trotzdem blieb es falsch!

Ihre Hand griff nach oben zum Türrahmen. Langsam tastete sie die Holzleiste entlang, bis sie einen kleinen Schlüssel in Händen hielt. Die ehrwürdige Mutter machte kein Geheimnis aus diesem Versteck. Hier herrschte felsenfestes Vertrauen untereinander, und es war noch nie etwas weggekommen.

Langsam und vorsichtig ließ sie den Schlüssel in das Schloss gleiten, während sie gleichzeitig die Klinke zu sich zog. Auf diese Weise konnte die Tür am leichtesten aufspringen. Unzählige Male hatte sie diesen Ablauf bei der ehrwürdigen Mutter schon beobachten können. An der Türzarge klickte es, und der Eingang in das Büro stand offen.

Maria Evita ließ ihren Blick schweifen. Dominierend stand der große Eichenholzschreibtisch vor ihr, an dem die ehrwürdige Mutter die Geschäfte zu erledigen pflegte.

Duster und unfreundlich erschien ihr dieser Raum, wie jetzt eigentlich alles im Kloster, das Maria Evita bis gestern noch als sichersten Platz der Welt beschrieben hätte. An den Wänden hingen Porträtfotografien von Vorgängerinnen der Oberin. Jede in Strenge und Würde abgelichtet, die Augen starr. Unter einer dieser Frauen, die vom Aussehen her ihrem Dienst sicher in den 50er Jahren nachgegangen war, stand auf der rechten Seite des Raumes ein grauer Aktenschrank aus Metall.

Hier, in einer der oberen Schubladen, wurden alle persönlichen Dokumente der Altöttinger Nonnen verwahrt. »Schwester Erika« war auf dem Rahmen der 50er-Jahre-Nonne zu lesen, die die Akten von oben wie ein furchteinflößender Engel zu bewachen schien.

Maria Evita drehte ihren Kopf noch einmal zurück

zur Tür. Ihr war, als hätte sie aus dieser Richtung ein kleines Raunen vernommen. Allerdings war es so leise gewesen, dass sie im nächsten Moment bereits an eine durch ihre Nervosität hervorgerufene Sinnestäuschung dachte.

Behutsam zog sie nun die obere Schublade auf, immer darauf bedacht, keinen Lärm zu verursachen. Karteimappen aus braunem Karton waren darin eingehängt, jede versehen mit dem Namenszug einer Mitschwester, alles in alphabetischer Ordnung. Ihre eigene Mappe hatte sie schnell gefunden. Nach M folgte O, aber niemand besaß einen Namen, der mit diesem Buchstaben begann, deshalb war auf der nächsten Mappe schon »Sr. Pia« zu lesen.

Maria Evita öffnete das Register. Darin war nicht viel zu finden. Ein Personalausweis, der rote Reisepass und ein kleiner Zettel, wahrscheinlich die Geburtsurkunde. Sie griff nach dem Zettel und besah ihn sich genauer. Das wenige Licht im Raum ließ sie die Schrift nicht richtig erkennen. Blinzelnd zog sie das Blatt näher zu sich heran, bis die verschiedenen Buchstaben endlich Wörter formten. Es war kein deutsches Dokument. Aber in der oberen rechten Ecke prangte ein Löwe, und dort, wo dessen Herz sein sollte, genau in der Mitte, da war es wieder, das Kreuz mit den zwei Querbalken. Zum vierten Mal an diesem Tag erschien ihr das Zeichen.

Zitternd ließ sie ihre Arme sinken, und plötzlich drang aus dem Nichts ein Räuspern an ihre Ohren. Sie schreckte auf. Im Türrahmen stand Schwester Pia.

Maria Evita war wie gelähmt, nicht fähig, sich zu bewegen oder etwas zu sagen.

»Schwester Maria Evita! Sollten Sie nicht in Ihrer

Zelle bei der Andacht sein?« Die alte Frau kam auf sie zu. »Was machen Sie im Büro der ehrwürdigen Mutter?«

»Ich ...« Maria Evita versuchte sich zusammenzureißen. »Ich brauche meine Geburtsurkunde.«

Schwester Pia blieb vor ihr stehen und nahm ihr das Blatt aus den Händen. Maria Evita war so voller Angst, dass sie es schweigend geschehen ließ.

»Das ist aber meine!« Schwester Pia hob ihre Augenbrauen und blickte Maria Evita auffordernd an, so als würde sie auf eine Erklärung warten.

Maria Evita konnte allerdings nur an eines denken. »Was ist das für ein Kreuz mit den zwei Querbalken?«

»Das ist das Wappen der Slowakei!« Schwester Pia zeigte nicht die kleinste Regung.

»Wer ist Doktor Friso?«

Schwester Pia legte ihre Geburtsurkunde in die Registermappe zurück und drückte die Schublade zu. »Er ist ein Heiliger! Er war Präsident der Slowakei, Priester und Staatsmann. Es ist unser Zeichen.«

»Sie schreiben auf Karten mit diesem Zeichen auch Ihre Rezepte, nicht?«

Wieder war auf Schwester Pias Gesicht nichts als ein starres »Kann schon sein« zu lesen. Also fuhr Maria Evita fort: »Haben Sie denn eine Erklärung dafür, was dieses Zeichen auf einem Mercedes in der Bichler'schen Garage zu suchen hat?«

Endlich geriet Bewegung in Schwester Pias Gesichtszüge, sie kräuselte die Stirn und sah die junge Novizin durchdringend an. »Das sind die vierzig Silberlinge.«

»Blutgeld?« Maria Evitas Hände waren auf einmal unangenehm kalt. Sie vergrub sie in den Taschen ihres Habits.

»Gabriel Bichler hat ihn verraten und verkauft. Das Automobil aus dem Besitz Doktor Frisos war ein Geschenk der amerikanischen Besatzer an den Verräter«, setzte Schwester Pia hinzu. »Ich kannte ihn gut. Damals kam ich mit ihm nach Altötting. 1945 war das. Als blutjunges Mädchen. Wir mussten ihm helfen, aber seine Bestimmung ist es wohl gewesen, ein Märtyrer zu sein. Er war ein guter Mensch! Nach dem Tod meiner Mutter hat er mich zu sich genommen und wie eine Tochter behandelt, obwohl ich nur eine entfernte Nichte war.«

Maria Evita spürte dieses charakteristische Ziehen am Zungenuntergrund, so als wäre sie kurz davor, sich übergeben zu müssen. Dieser Moment war so viel größer als sie selbst, und schlagartig lag die Geschichte völlig klar vor ihr. Schwester Pia drehte sich währenddessen langsam um, als wollte sie das Zimmer verlassen.

»Sie haben gestern die Frau Bichler getötet!« Maria Evita sprach in den Rücken ihrer Mitschwester, die daraufhin regungslos stehen blieb.

»Die Wurzeln müssen heraus! Der ganze faule Trieb der Bichlers muss abgeschnitten werden. Natürlich hab ich's getan. Gottes Werkzeug will ich sein. Der Allmächtige selbst ließ mir keine Ruhe. In den letzten Jahren wurde seine Stimme immer lauter und zeigte mir, wofür ich auf der Welt bin«, antwortete Schwester Pia.

»Und ihr Mann?«

»Frau Bichler konnte nur Vergebung erlangen, wenn sie nicht weiterhin an der Seite des Verräters weilte. Sie kam schon früh zu mir, wie viele andere aus Altötting, und holte sich Rat, Tees und Arzneien. Der Herr hat mich auf sie einwirken lassen, und sie hat das Werk an meiner Stelle vollbracht. Sie wollte nicht in die Hölle, und der einzige Ausweg war, ihren Mann seinen Verrat büßen zu lassen. Durch seinen Tod! Das wusste sie, und nach all den Jahren war es gestern so weit. ›Unsrer lieben Frauen Handschuh‹! Es ist vollbracht. Die Dosierung hat gestimmt, so dass er nicht zu Hause sein schuldiges Leben aushauchte. Es hat viele Jahre gedauert bis zu seiner Buße, aber man kann alles erwarten, glauben Sie mir, Schwester!«

»Aber warum dann seine Frau?« Maria Evita war fassungslos.

»Einer, der die Hand an einen Märtyrer legt, hat seine ganze Familie besudelt und sie für immer der Verdammnis preisgegeben.«

Dieses Gerede über Verdammnis, Märtyrer, Tod und Verrat klang nach den Argumenten für einen Ehrenmord. Maria Evita fühlte sich furchtbar und wäre am liebsten einfach weggerannt, aber sie fragte doch weiter. »Warum kam sie so spät noch ins Kloster? Das war gefährlich. Wir hätten sie doch entdecken können!«

»Ich gebe zu, das war etwas riskant. Aber ich brauchte die Reste des Roten Fingerhuts zurück. Die Polizei sollte dort nichts finden. Schwester Ignatia hat nach dem Nachmittagstee ein leichtes Unwohlsein verspürt.« Die alte Frau lächelte. »So habe ich dann meine Dienste an der Pforte angeboten. Frau Bichler wollte bei uns eintreten und ihr bisheriges Leben hinter sich lassen – als ob ihr das den Weg zu Luzifer hätte ersparen können. Sünder sind oft herrlich naiv!«

»Und dann haben Sie sie mit Ihrem Pürierstab im Lager niedergeschlagen und aus dem Fenster geschmissen«, folgerte Maria Evita.

»Doch nicht mit meinem Pürierstab. Wo denken Sie

hin? Ich hab ihn beim letzten Besuch im Gasthof aus der Küche der Bichlers mitgenommen. Meine Fingerabdrücke wird die Polizei darauf nicht finden, aber jede Menge von den Bichlers und ihren Angestellten. Der Herr hat mich geleitet und mir den Weg gezeigt.« Schwester Pia drehte sich erneut zur Bürotür.

Mit der Hand strich sich Maria Evita über ihre Stirn. Was sollte sie nun tun? Max stand am Notausgang. Sie hatte Angst vor der Reaktion Schwester Pias, wenn sie ihr mit der Polizei drohte, aber gehen lassen konnte sie sie keinesfalls. »Sie kommen Ihnen bestimmt auf die Spur.«

Schwester Pia wandte sich abrupt zurück: »Wollen Sie mich etwa verraten? Schauen Sie, Schwester, es ist alles eine Frage des richtigen Augenblicks und der richtigen Tarnung. Man kann alles erwarten! Wer würde mir, einer schwerhörigen und leicht dementen Schwester, schon zutrauen, dass Gott sie als sein Werkzeug auserkoren hat?«

Da war ein noch nie gesehenes Funkeln in den Augen der alten Frau. Sie hatte es hier mit einer perfekten Schauspielerin zu tun. Panik erfasste Maria Evita, und sie begann zu stottern. »N... nein, ich ... ich werde Sie nicht ...«

Als sie erneut Luft holen wollte, zwängte sich bereits der Rosenkranz der alten Frau um ihren Hals, und kraftvoll zog diese zu. Maria Evita griff nach den Perlen, die ungeheuer schmerzhaft ihren Hals einschnürten. Das Blut staute sich im Kopf, ihr schien, als wollte er platzen. Immer fester schloss sich die Kette um ihre Kehle. Schwester Pia war wild entschlossen, ihr Werk zu vollenden.

Um Maria Evita herum wurde es dunkel, sie fiel auf den Boden.

Endlich ließ das Pochen in ihrem Kopf wieder nach. Fühlte es sich so an zu sterben? Laute Stimmen drangen zu ihr hinunter, eine weibliche und eine männliche.

Gottvater klang ja wie Max! Maria Evitas Augen waren plötzlich wieder in der Lage, scharfe Bilder wahrzunehmen. Vor ihr bewegten sich zwei Paar Füße, die laut auf dem Boden polterten. Sie war nicht tot! Ihr Erlöser war aus Fleisch und Blut, vollkommen menschlich und hieß Max Kramer. Mit kräftigen Händen umfasste er Schwester Pias Handgelenke, die sich verzweifelt wehrte.

Auf einmal hörte Maria Evita prasselnde Regentropfen um sie herum. Der Rosenkranz war gerissen. Mit einem lauten Verzweiflungsschrei stürzte Schwester Pia neben Maria Evita und blieb wimmernd liegen.

Im nächsten Moment schon griffen Max' Hände unter Maria Evitas Achseln und zogen sie zu ihm herauf. Kraftlos lag sie in seinen Armen, aber endlich war sie wieder bereit, einen klaren Gedanken zu fassen.

»Hörst du mich?« Max schüttelte sie.

»Ja!«

Max setzte sie auf den Schreibtisch der ehrwürdigen Mutter. Von seinem Handy aus verständigte er nun die Altöttinger Grünen und Fritz Fäustl, der zwar nicht wirklich begriff, was vorgefallen war, aber Franz, Korbinian und Michi aus dem Verhör entließ.

Maria Evita war wieder so weit bei Sinnen, dass sie zu einem Lächeln fähig war. »Warum bist du hier? Du solltest dich doch von unten nicht wegbewegen.«

»Na ja, ich konnte durch die Glastür plötzlich deine Mitschwester hier beobachten, wie sie dir nachgeschlichen ist, und da dachte ich, ich scheiß besser auf mein Versprechen und schau mir die ganze Geschichte mal an. War doch gar keine so blöde Idee, oder?«

»Erklär das mal der ehrwürdigen Mutter!« Maria Evita biss sich auf die Lippe.

Max zuckte mit den Schultern. »Kein Problem, das kriege ich schon hin! Hast du Lust, mit mir mal essen zu gehen? Jetzt, wo ich sozusagen dein Lebensretter bin.«

Nun zuckte Maria Evita mit ihren Schultern. »Klar, warum nicht?«

»Ohne deinen Habit?«

»Du spinnst komplett!«

Die beiden grinsten sich an.

Und Gott sprach: Es werde Licht!
Und es ward Licht.

Nun war es amtlich. Michis Vorgehen war laut dem Richter in Altötting »nur« eine Nötigung und keine Erpressung, wie die Staatsanwaltschaft behauptete.

Max schmeckte seine eigene Zeugenaussage in diesem Fall gar nicht. Recht und Gerechtigkeit waren zwei Paar Stiefel. Er verstand Korbinian, er verstand Franz und zu einem kleinen Teil auch den Michi. Wenn es hier so etwas wie eine Grundschuld gab, dann lag die in seinen Augen klar beim alten Bichler. Wie die biblische Erbsünde zogen sich dessen Fehler durch das Leben seiner Söhne. Und aus eigener Erfahrung konnte er sagen: Man arbeitete lebenslang die eigene Kindheit auf.

Er wusste, dass es Maria Evita ähnlich ging. Nur widerwillig war sie der Aufforderung zur Aussage nachgekommen. Auch, weil Petra Meier ein Foto von ihr im Habit vor Gericht gefordert hatte, um ihren Artikel über die Verhandlung zu zieren. Als kleines Zusatzdankeschön für die Suche im Archiv. Max schüttelte nur verständnislos den Kopf darüber, dass sie diesen Kuhhandel mit sich veranstalten ließ.

Nach der Urteilsverkündung hatte Michi das alte

Gerichtsgebäude auf schnellstem Wege verlassen. Max, Franz, Korbinian und Maria Evita standen nun in der steinernen Eingangshalle, um sich zu verabschieden.

»Wie geht's bei euch jetzt weiter?« Max' Frage zielte auf die Bichler-Brüder.

Korbinian zuckte mit den Schultern. »Wir brauchen an Kredit. Schließlich ist der alte Gasthof das Einzige, was uns 'blieben is. Die ganze Bausubstanz ist marode. Wenn wir davon leben wollen, müssen wir investieren.«

Franz' Mundwinkel gingen zaghaft nach oben. »Jetzt ham ... ma den Stress überstanden, jetzt schaff ma den Rest a no.«

»Gott schlägt keine Tür zu, ohne ein Fenster zu öffnen.« Maria Evita reichte beiden aufmunternd die Hand.

»Weißt du, was aus der Schwester Pia wird?«, wollte Korbinian wissen.

»Die ist erst mal im Bezirksklinikum Haar untergebracht.« Maria Evita blickte zur Decke, als stellte sie Gott eine Frage nach dem Warum der ganzen Geschichte. Plötzlich senkte sich ihr Kopf wieder. »Ich muss mich jetzt verabschieden. Max, wartest du noch schnell auf mich? Bin nur kurz wo hin.« Sie hob eine große schwarze Sporttasche vom Boden auf, die sie schon den ganzen Tag mit sich herumgeschleppt hatte, und machte sich winkend auf den Weg Richtung Besuchertoiletten. Novizin mit Umhängetasche sah wirklich ungewohnt aus. Max schmunzelte beim Anblick ihrer Rückseite.

Franz und Korbinian wünschten ihm noch einen guten Tag und ließen ihn dann allein in der steinernen Halle stehen. Seine Gedanken kreisten um dieses Monstrum an Sporttasche. Was wollte Maria Evita damit?

Bisher hatte er sich nicht zu fragen getraut, das war schließlich ihre Privatangelegenheit, aber merkwürdig war es schon. Sie hatte als Novizin den Sport hinter sich gelassen, das wurde sie nie müde zu betonen. Kein Sprint, kein Marathon, einfach nichts mehr. Dass sie nun plötzlich wieder mit dem Laufen beginnen wollte, daran hatte er eindeutige Zweifel.

Gedankenverloren vernahm er, wie eine Tür um die Ecke sich schloss. Das würde nun hoffentlich Maria Evita sein, denn Warten mochte er nicht besonders. Sie war es tatsächlich, aber was dort auf ihn zuschritt, hatte mit der Novizin nicht mehr viel zu tun. Max war vollkommen sprachlos. Maria Evita trug eine dunkle Schlaghose aus Kord, darüber ein giftgrünes Homer-Simpson-T-Shirt und als Krönung ihres Outfits einen abgewetzten violetten Samtblazer, der in den siebziger Jahren des letzten Jahrhunderts das Licht der Welt erblickt hatte. Lächelnd stellte sie ihre Sporttasche neben Max auf den Boden. »Mein Habit ist da drin.«

»Verdammt fesche Kombi! Aber was soll diese Kostümierung? Du schaugst ja aus wie vor elf Jahren auf der Schule.«

»Das ist auch alles von damals. Liegt immer no' bei meiner Tante rum.«

»Und jetzt?« Max wusste nicht, was nun geschehen sollte.

»Gehen wir essen. Ohne meinen Habit! Und bitte weit genug vo' Altötting weg, damit mich niemand erkennt. Teuer darf's gern sein – du zahlst ja.«

»Na dann.« Max zog seine Autoschlüssel aus der Hosentasche und reichte ihr lächelnd seinen Arm.

Vielen Dank an alle Menschen, die mich unterstützt haben, und ganz besonders an:

meine Eltern und meinen großen Bruder (die wichtigsten Menschen), Wolfgang Hesse (der richtige Weg und die richtige Dramaturgie), Sepp Maier (alle Tipps zum Polizeialltag), die Familie Maier, Regina Fanderl (meine bayerische Mentorin), die Familie Fanderl, Alexander Kronabitter (Unterstützung von jeder Seite), Kathrin Anna Stahl (»Schick es raus und stell dich der Kritik!«), Valentin Riedl (das Virus), Maria Birlbauer (ein komplettes Leben), meine »Schicksalscombo«, meine Nordhäuser WG (fürs Zuhören), Wanda Benning (beste Pädagogin meines Lebens: »Du wirst Schriftsteller«), Maximilian Dorner (»... so schreibt man ein Exposé«), Antonia Schmeidl (Hinweise zur Ermittlungsarbeit), Tobias Kraxenberger (Biologie), Christa Schütte (zweimal durch das Manuskript), Evelyn Staudt, Julia Unverblümt, Patrick Hill, Toni Stroh, Andrea Tandler, Gigo Tandler, Gabriela Tandler, alle übrigen Tandlers, Ruth Kleine, Susanne Jocham, meine Lektoren Carlos

Westerkamp, Heide Kloth und Julia Wagner, Marcel Seehuber (für die Überlassung seines »Schiri«-Zitats), meinen Agenten Dr. Patrick Baumgärtel, ganz Altötting und alle, denen ich während des Entstehungsprozesses auf die Nerven gegangen bin.

Raimon Weber

EIS BRICHT

Thriller

ISBN 978-3-548-28533-7

Henning Saalbach führt ein erfülltes Leben, er ist verheiratet und hat einen Sohn. Dann wird alles anders. Innerhalb von Sekunden zerstört ein Fremder sein Glück: Der Mann dringt in das Haus der Familie ein und tötet den sechsjährigen Marc. Seit diesem Tag ist nichts mehr, wie es war, und nur der Gedanke an Rache hält Henning am Leben. Es bleiben ihm zwölf Jahre, um sich vorzubereiten. Auf den Tag, an dem der Täter entlassen wird. Doch dann beginnt Henning zu zweifeln: Wer ist Feind, wer Freund? Wer der Täter, wer das Opfer? Und schon ist er mittendrin in einem perfiden Spiel.

Auch als ebook erhältlich
ê-book

www.ullstein-buchverlage.de

ullstein

Wollen Sie mehr von den Ullstein Buchverlagen lesen?

Erhalten Sie jetzt regelmäßig
den Ullstein-Newsletter
mit spannenden Leseempfehlungen,
aktuellen Infos zu Autoren und
exklusiven Gewinnspielen.

www.ullstein-buchverlage.de/newsletter